ミルクとダイヤモンド
〜公子殿下は黒豹アルファ〜
Aya Yuzuki
弓月あや

CHARADE BUNKO

Illustration

蓮川愛

CONTENTS

prologue

初めて彼と遭遇した時。心臓が早鐘のように打ち続けていたことを覚えている。

鼓動が止まるかと思った。

なぜなら、すごく怖くて火傷（やけど）しそうな緊張感で、どうにかなりそうだったから。

でも美しい毛並みと、しなやかな身体（からだ）。そして見るもの全てが魅入ってしまいそうな、宝石のような瞳。

そうだ。

ぼくは、あの時。彼に心を奪われた。

それが完璧な貴公子である彼に対する想（おも）いか、艶美（えんび）な漆黒の獣（けだもの）に対する恋情かは、わからない。

ただ自分と違う世界を生きる彼らに、一瞬で魂を攫（さら）われた。

心の中のミルクが揺れる。

この気持ちの正体は、誰もが当たり前に言いのけるもの。

――――恋とか愛とかいうものだった。

1

「わー！　遅刻、遅刻！　遅刻しちゃうよー！」

元気よく一軒家の門扉から飛び出したのは、唯央・双葉・クロエ。

十六歳の彼は学校にも行かず、バイト三昧だった。

父親が亡くなり、母親が入院中。のんきに学校へ行ける財政状況ではなかったので、辞めてしまった。

母には退学したことを、まだ告げていない。

(お母さんに辞めたことがバレたら、ものすごく怒られるだろうなぁ。……でも、怒る元気なんかないだろうけど)

入院中の母親は、かなり症状が重い。その姿を思い出すと痛ましくて悲しくなる。

ここベルンシュタイン公国は、ヨーロッパの端にある小国。

唯央はベルンシュタイン人の父と、日本人の母の三人で暮らしていた。

慎ましやかだが幸福に満ちた穏やかな家庭だった。だが唯央が幼い頃に父親が事故で他界して、幼子の楽園は崩壊してしまった。

母親は女手ひとつで働きながら唯央を育てたが、荷が重かったのだろう。長年の心労で身体を壊し、入院してしまった。

（オメガの子供がいたから、お母さんは苦労したはずだ。――ぼくのせいで）

彼女の入院から、唯央は自分を責め続けた。

唯央は十歳になる頃、オメガの認定を受けた。覚醒は、まだしていない。だがオメガが確定すると、世間の眼差し（まなざ）は、いきなり冷ややかになった。

片親のオメガは学校に行く必要はない、などと差別的なことを言われたこともある。

オメガはアルファの子供を産んで、育てていればいいだけの存在。個人の意思や個性、果ては人間性も認められていないと、子供の頃から周囲に言われ続けてきた。

そのため、唯央はオメガと認定されてから、母とともに人と交流を持たないように生きてきた。

だから、いわゆる常識が足りなかったり、オメガでありながら学校で習うオメガの知識がなかったりするようだ。

仕事を始めてから、いろいろと足りないところを指摘されて、ようやく自分に常識が足りないのだと自覚を持つようになった。

人口の大多数を占めるベータは平凡な容姿と能力を持つと思われているが、実際は勤勉で実直、そして強い正義感の持ち主だ。

反面、選ばれた最上位の人々、アルファ。

彼らは抜きん出た容貌と才能を兼ね備え、支配者階級の生まれが多い。

そして、ごく少数しか存在せず、特殊な性質と希少性から保護されるオメガ。

だが保護といっても守られていたり、大切にされていたりするわけではない。

オメガは十代の終わりから年に数回、ヒートと呼ばれる発情期が起こる。猫と同じだ。

発情するのは妊娠するためで、誰かれ構わず交尾しようとする。麝香(じゃこう)に似た匂いを発して、アルファやベータを誘惑するのだ。

ただし番(つがい)のいるオメガは別。番をつねに大切にして愛情を持ち、その番との間の子供を溺愛して育てる、穏やかな生活が送れるのだ。

番のいないオメガはその性質ゆえに、トラブルの原因となることが多い。誰かれ構わず誘惑するために、刃傷沙汰(にんじょうざた)になることも少なくないという。

だから非常時は、警察で保護してもらうこともできる。ただし、それは宿泊施設を用意するということではなく、留置所があてがわれるだけと聞いて、唯央は怯(おび)えてしまった。

警察いわく、宿泊施設を作る予算がないからだそうだ。そんな乱暴な理屈がまかり通るのが、オメガの世界だった。

アルファやベータの邪魔をしないよう、物陰でひっそりと息をするように生きていくことが、オメガとして生を受けた人間の術であった。

それを我慢できずに自分の個性を出そうとすれば、疎外され、生きる場を失う。

(虐げられる。それが当然と思われているのがオメガ。……オメガ)

唯央はそのオメガとして生まれてしまったが、子供は産まない。そう心に決めていた。

子供を産むことは義務ではない。だから自分の意見は通る。信念を曲げる気はなかった。

子供も赤ん坊も大好きだが、自分で産みたくはない。

何より発情と言われる状態になるのが、とてつもなくイヤだった。

相手を探すために、なりふり構わなくなり、醜い、浅ましい姿で十日以上も交接を続けるという。

「そんなの、絶対イヤに決まってる……」

思わず口から零れ出たのは、抗いの言葉だ。

思春期は好奇心も旺盛だけれど、唯央は潔癖なタイプだった。そんな生真面目な少年にとって、あまりにも刺激的すぎる発情の現実。

溜息をつきながら、周囲の光景に目を向ける。きらきら光る波間が見えた。絵葉書のようだと思う。唯央の心情とは、まったく真逆の美しさ。

ここ、ベルンシュタイン公国は海に面する、穏やかな小国。貧富の差もないと言われている。だけど差別は、どこにでもあるものだ。

母は日本で出会ったベルンシュタイン人と恋に堕ち、結婚を決意した。だけど両親からも周囲からも結婚を反対され、駆け落ち同然でこの国に来た。

だから今さら帰国することも叶わないという。

「わー、もう時間がない！」

時計を見て、自分の脚に望みを託して自転車で走り出した。その後ろ姿は華奢なのに、傍目にはとても逞しく映るだろう。

でも、心は戦き、震えている。

唯央はオメガだが、一般的に発情が始まる年齢には達していない。だが万が一を考えた場合、頼れる家族もいない。

どうしたらいいのか。どうして自分ばっかり、不安なのかな。

誰も明確な答えをくれない。明日のパンもギリギリの生活をくり返す。理由のひとつは、自分がオメガだから。

唯央は十六歳。普通なら学校生活を謳歌し、学業と遊びで毎日を過ごしているはずなのに。でも、そんな細やかな願いすら許されない。

学校に行くことをすっぱりあきらめたのも、母親の入院や治療にお金がかかると医師に言われたからだ。友達もいなかったし、オメガのためほかの生徒と距離があったから、未練はなかった。

学生生活が惜しいとも思わず、その時は学費が浮いたとしか考えなかった。

でも心は、いつも不安だ。

唯央の心にはコップがある。きらきら光る、ガラスのコップだ。

そのコップにミルクを注ぐ。縁のギリギリで注ぐのをやめる。そうすると表面張力で、ミルクはあふれそうで、あふれない。

でも何かの瞬間に、ミルクは零れる。

今の自分は、そんな感じ。コップの縁で震えるミルク。あと少しであふれそう。

このミルクが、いつあふれ出すのか。唯央はそれが怖くて、仕方なかった。

□□□

卸売市場で大きなダミ声が響く。競りが終わったばかりだ。

「こっちの野菜は、どちらさんのだい」

段ボールごと振りかざし、大声で問われた。正直、ちょっと引いてしまうぐらい迫力がある。だが、市場で働く男たちは皆がガラガラ声だ。臆すれば負ける。

唯央は目いっぱい声を出して、大きく手を上げた。

「はいっ、ぼくです！　ぼくが競り落としました！」

小さな声を出したら、聞き取ってもらえない。バカにされる。笑われる。

「おっ、小さいのに元気だねぇ」

「おつかいかい。早くママんトコ帰んな」

周り中からゲラゲラ笑いが起こった。それぐらい屈強な男たちが出入りする場だ。小柄な唯央など、子供に見えて当然だろう。

「ありがとうございました、貰っていきます！」

外野のヤジなど耳に入れず、買ったものを受け取った。とにかく必死だ。

引換証を手渡し、箱に詰められた野菜を受け取ると、ほかの荷物と一緒に自転車の荷台へと乗せて店へ急いだ。

唯央の仕事は魚や肉、それに野菜などの生鮮食品の代理購入と配達だ。車でなく自転車だから、重い荷物はつらい。必死でペダルを漕いだ。

この仕事は、メチャクチャ重労働だった。

(うーん。これはまた、脚にくるなぁ)

契約してくれている青果店や鮮魚店、それに精肉店へ商品を届ける。

たいてい老店主が経営する店で、市場に行くのがつらいという理由から唯央に頼んでいる。

学校に行っていない、年端もいかないオメガ。仕事を選べるわけがない。

（ぼくみたいな無学な奴に、仕事をさせてくれるだけでも、ありがたい）

お得意先のひとつ、精肉店の裏口に回り明るい声を出した。

「おはようございます！　配達です」

「おう、元気いいね。ご苦労さま」

精肉店の老店主は箱を受け取ると「そうだ、これ」と急にビニール袋を差し出す。

反射的に受け取ると、透けて見えた中身は肉の塊だ。

「店長、これ……」

「昨日の残りで悪いけど、まだまだ美味（うま）く食べられるからね。持っていくかい？」

「わあ、嬉（うれ）しい！　お肉なんて久しぶり。ありがとうございます！」

無意識に貧しいと吐露した唯央に、店主は痛ましそうな眼差しを向けてくる。

「配達料が少なくて、いつも悪いねぇ」

「いえ、そんな」

「イオは真面目にやってくれるから、もっと出したいけどウチも苦しくてね」

「わかりやすくご注文を伝えてくださるから助かります、すごくスムーズに仕事ができるんですよ。これからも、どうぞよろしくお願いします！」

「ウチこそイオがいてくれて大助かりだよ。朝が早いから大変だろう？」

ずっしりした袋の重さにニコニコしながら、「いいえ」と頭を振った。

「毎度ありがとうございます」

嘘ではない。年若く未熟な唯央に仕事をくれるのには、本当に感謝している。

「イオはオメガで東洋人だから、最初はどうなるかと思ったんだ。でも勤勉で丁寧なイオに手伝ってもらってから、オメガ嫌いだった俺も考えが変わったよ」

いきなりオメガと言われて、言葉が出てこない。感謝していた矢先だったから、なおさらだ。唯央は微笑を浮かべてはいたが、胸が痛んだ。

褒めてくれているのはわかる。けど、やっぱりオメガで東洋人と言われてしまう。

(ぼくは、まだこの国の人間と認められていない)

ずっとこの国にいるのに。お父さんは、この国の人なのに。

ぼくは東洋人。東洋人のオメガ。

悪気なんかない。みんな同じことを言う。それが普通だからだ。だけど、淋しい。父親がベルンシュタイン人なのに、受け入れてもらえていないのだ。

異邦人のオメガと識別されている唯央は、二重の意味でこの国の人々に信頼されることはない。

「今日の晩ごはんに、さっそくいただきます。嬉しいなぁ」

渦巻いた思いに蓋をして微笑むと、店主はニコニコしている。悪意なんか、まるでない。

それはわかっている。ただ。

親しくしてもらったのに、『オメガ』と言われると、淋しいと思う。

自分はやっぱりオメガなんだなぁ、と今さらながら自覚する瞬間だ。真面目に仕事をしていても、どこか人と違うのだ。

ちょっと気落ちしたその時。唯央の耳に明るいブラスバンドの音楽と、華やかな拍手が届いた。なんだろうと顔を上げると、店に置いてあるテレビからの音だ。

『荘厳かつ神々しくもある戴冠式が、つつがなく終了したあとの映像です』

その声に続いて、華やかなパレードが映し出された。

『この後、ベルンシュタイン公国大公殿下がお乗りになられた車が、沿道を進み、大聖堂から継承式の会場へと向かいました』

テレビでは、先週行われた祝賀パレードの再放送が放映されている。

「この時は、感動したねぇ。戴冠式もすばらしくて、寿命が延びる気持ちだったよ。イオも行ったかい?」

「はい、もちろん」

嘘である。

パレード観覧をする暇などない。その日はビル掃除のバイトで、一日中ひたすら走り回っていた。でも店主に話を合わせて、行ったと言う。嘘も方便だ。

唯央が生まれ育ったベルンシュタイン公国は、「公」の称号を持つ貴族が君主として統治している。

『隊列の先頭には、アルヴィ公世子のお姿が映し出されています』

楽団が国歌を演奏する中、公世子だという人物が画面に映し出された。大公子息で嫡男であるアルヴィは公世子。王室で言うところの王太子さまだ。

『白の大礼服に身を包み白馬に跨る殿下は、惚れ惚れする凛々しさです。今見ても、溜息が出るようなお姿ですねぇ』

純白の大礼服姿でカメラに映し出された青年は、軍帽を深くかぶり顔は見えない。だが、すらりとした体軀と、ピンと伸びた背筋。それに長い脚が、とても印象的だ。

(すごい。かっこいい)

彼は騎馬隊を従えて、大公の車を先導する。

青空の下、白の大礼服が映えた。見事な手綱さばきで馬に跨る青年の姿は精悍で、なおかつエレガントで美しかった。

(この人、誰だろう)

そんな疑問を感じ取ったのか、店主が解説してくれた。

「アルヴィ公世子さまだよ。凛々しいねぇ」

「ああ……、あの方が公世子なんですか」

聞き慣れない言葉に思わず呟くと、店主がオヤオヤと肩を竦める。

「若い子は、興味ないか。いいかい。このベルンシュタイン公国の公家にお生まれの方は公子。お世継ぎは公世子とお呼びするのさ」

「そうなんですか」

(公世子。殿下。すごい、別世界だ。しかも、この人――アルファだ)

圧倒的に数が多いベータ。数が希少な金色の瞳を持つアルファ。

そして、さらに数が少なく、蔑まれているオメガ。

世界でもオメガは少数だ。住んでいる街でもオメガは、唯央一人しかいない。だからこそ、ひっそりと、目立たないように生きてきた。

ベータなのにオメガの子供を持ってしまった唯央の母親も同じだ。オメガを家族に持つと、いわゆるブルーワーカーの仕事にしか就けない。苦労の連続だ。

(公世子なんて人とは違う。……ぜんぜん違う)

テレビでは、なおも華やかな音楽が流れ、公世子の姿を映している。

白い馬を見事に操り、騎馬隊の先頭に立つ凛々しい姿。

誰が見ても美しい、若きアルファの次期大公。

朝から晩まで走り回っても少ない賃金。その金で必死に生活する、オメガの唯央。

自分と比べられるような立場や身分の人ではない。だが、比較して考え始めると、うっかり古傷を引っ掻いたような痛みが走る。抜けない、古い棘だ。

その棘は皮膚をくぐり抜け、心の壁に痕を残す。これも、どうしようもない。

(考えちゃダメ。考えると、迷宮に入る)

そう言い聞かせて、そっと太腿をトントン叩く。これをやると落ち着くのだ。

それでも頭の中は、ぐるぐる回る。

なぜ自分は誰も頼れず、一人なのか。なぜ普通じゃないのか。

ふつう。普通。ふつう。——普通って、なんだろう。

こんな時は心の中のコップが思い浮かぶ。

あふれそうなぐらい注がれたミルクが、ゆらゆらゆらゆら震えて揺れる。

(なぜ、なぜ、なぁぜ)

たくさんの「どうして」と、たくさんの「なぜ」が浮かんで消え、消えて浮かぶ。

そのうち考えても仕方がないと、心の扉をガチャンと閉めた。テレビに映る公世子の姿も、脳裏から消えた。消えたから、もう見えない。見なくていい。

ようやく心が落ち着いて、ホッとする。

考えても納得のいく答えなんて、出てくることはないのだ。

□□□

仕事が終わったら家に戻り、母の見舞いに行くために必要な荷物を整える。

見舞いといっても、母は薬でうとうと眠っているばかりだ。

唯央が来ても、気づかない時も多い。でも、習慣は変えたくないし、もしかすると今日は起きているかもしれない。そんな一縷(いちる)の望みで、会いに行く。

だが、着替えをバッグに入れていた手が突然止まった。

不安が襲ってくる。どうしたらいいのだろう。話もほとんどできない、そんな母を見ているのは、つらい。でも本人は、もっと苦しいのだ。

「だめだめ。ぼくが、……ぼくが、しっかりしなきゃ」

くじけそうな時に呟く声は、頼りない。まるで道に迷った子供のようだ。

それを振り払うようにして、家を出た。

病院に到着すると、予想通り母は眠っていた。すぅすぅ上下する胸元に、ホッと安堵(あんど)の溜息が出る。

(生きている。大丈夫。だいじょうぶ)

心の中で呟いた声が、変なふうに歪(ゆが)んで聞こえる。

トンネルの中で反響する声みたいだ。

気を取り直し、母の枕元に庭で咲いていた花を一輪だけ生けた。

(気がつくかな。この花、お父さんの薔薇(ばら)だって)

若くして亡くなった父の遺産は、小さい一軒家。そして庭に咲く花々だ。

お金はないけど家はある。これは貧しい暮らしの中で、本当に助かった。狭いが庭があり、そこには父が植えた花が四季を彩っているのだ。

生活は苦しいけれど、この花々は本当に心が休まる。宝物みたいな存在だった。

眠っている母親の顔を見ながら、早くよくなってほしいと願った。苦労、苦労の連続で、いいことがなかった母には、幸福になってもらいたい。

オメガの自分がいるから、幸福から遠かったのだ。

日本で出会った父と恋に堕ち、駆け落ち同然でベルンシュタイン公国へ来た母。

でも幸福だったのは、最初の数年。愛する夫と、健康に生まれた赤ん坊の唯央。だけど新しい家を購入した矢先、父が亡くなってしまった。

(なんでかな。なんでなのかな)

また現れた、なぜなぜ、どうしてのオバケ。

納得いかないと現れる、なぜナニのユーレー。

オバケはいつも、ひょっこり顔を出す。唯央の心や脳裏の中に。そして、どうして、どうしてとくり返すのだ。

(うるさい)

答えの出ない思いに囚(とら)われかけた、その時。扉をノックする音がした。

「はいっ」

すぐに廊下側から、顔馴染(かおなじ)みの看護師が顔を出す。唯央は座っていた椅子から反射的に立ち上がった。

「こんにちは、イオさん。先生がお話があるそうです」

「はい」

主治医から話がある。不安の波が押し寄せた。

(話って、なんだろう)

ドキドキしながら医者の元に行くと、彼は丸椅子を勧めてくれる。言われるまま腰をかけると、真剣な顔をした医者が自分を見つめた。

「お母さんのことですが、あまり、よくないですね」

その一言に心臓に雷が落ちる。

(お父さん。……お父さん。お母さんを守って。ぼくたちを、守ってください)

鬼籍に入った父を頼っても、どうにもならない。わかっていても、すがれるのは神さまでなく、愛する父親だけだった。

「よくないって、具体的に何がどう、よくないんですか」

硬い声で訊くと中年の医者は困ったような表情を浮かべた。

「このまま治療を続けても、いい結果にはならないと思います。むしろ、危ないです。もっと設備の整った病院ならば、先進医療を受けられるんですがねぇ」

この市営の病院では限界があると言っているのだ。

ならば、どこの病院へ行けばいいのだ。どこへ行けば、母を助けられるのだ。

何より病院の費用を、誰が捻出するか。答えは一つしかない。

「転院を前向きに考えたほうが、いいと思うんですよ」

「前も言いましたが、ここの入院費だけでも、ぼくには精いっぱいです」

唯央の言葉に、医者は眉間に皺を寄せて考え込んでいる。きっと提案しようとしているのは、高額な治療なのだろう。

もし追い出されたら、どうしよう。気持ちが一気に下降しそうになった。

この病院にいられなくなったら、もう後がない。唯央は唐突に身の上話を始めた。

「父はぼくが子供の頃に亡くなって、母の家族は、ぼくだけです」

それほど親しくもない医者に、なぜこんな話を始めたのか。自分でもわからない。

「母は駆け落ち同然にこの国に来ているから、親戚もいません」

唯央は自分が医者を困らせていると気づいたが、もう止まらなかった。

医者も迷惑だと思っているに違いない。彼らは治療のプロだが、患者の家庭環境なんか関係ないのだ。

「頼れるのは、この病院だけです。先生、入院を続けさせてください」

絞り出すような声で言うと、医者はギシギシと椅子を鳴らす。

「誤解しないでください。出ていけと言っているわけじゃない。取りあえず、今、結論を出さなくてもいい。でもお母さんのために、どうするのがいいか考えてみてください」

彼はそう言うと、じゃあ今日はこれでとPCを打ち始めてしまった。看護師がお疲れさまでしたと言う。終了のゴングだ。

もう何も言うことはできない。唯央は立ち上がり、頭を下げて部屋を出た。帰りに母の病室に寄ったが、さっきと変わらず眠っている。

母親が危ない。その言葉で、気力の全てが奪われた。もう何もしたくない。

絶望って、こんな時に使う言葉だろうか。

病院を出た唯央は思いつめた表情で歩き続け、普段は三十分ほどの道のりを、一時間もかけて自宅に辿(たど)りついた。

「……お父さんのバカ。あんなに祈ったのに、ぜんぜん守ってくれないじゃん」

言っても仕方がない愚痴が出る。

すごく疲れた。上半身は、さほど疲れていないと思っていた。でも自転車のせいで、肩も腰も足も痛い。階段が異常につらかった。

溜息をつきながら自宅の門扉を開こうとすると、庭の木の陰に小さい動物が丸まっているのが目に入った。最初は錯覚かと思ったが、そうじゃない。

真っ黒な、小さな毛皮の塊は顔を上げて、こちらに向かって唸っている。

「動物がどうしてこんなところに……。野良猫？」

動物好きの唯央は、臆さずに黒い塊をそっと抱き上げる。意外にも塊は、おとなしく唯央の腕に収まった。

しかし抱っこされても睨んでいるところが、強気で可愛い。

すると、チャラッと音がして何かがぶら下がった。だが、そのことよりも、もっと重大なものが目を引いた。

自らの手の平が、赤いものでベッタリと濡れたのだ。血液だった。

「血だ！　大変っ」

慌てて家の中に入って、暗い部屋の電気をつける。

「あれっ。これって、猫？　なんかゴッツイ……、犬？　いやいやまさか」

そこで初めて、仔猫だと思い込んでいたけれど、違うと気づく。

猫じゃないし、犬でもない。これは。

――――黒い仔豹。

「まさか。まさか豹って動物園にいる、あの豹？」

動物園でしか縁がない豹。しかも真っ黒の豹なんて初めて見た。

その仔豹が、脚に何かを絡ませているのが気になった。

「きみさぁ、あんよに何を引っかけているの？」

お腹から脚に絡みつくものが、すごく気になった。紐でなく、小さな石が細長く繋いである凝ったものだ。

ぐったりしている子は、それでも顔を上げてグゥーと唸った。これは当然の反応だ。初めての家と匂い。初めての人間。自身もケガをして気が立ち、警戒している。

唸られると怖いというより、可哀想になる。怖いから唸るのだ。

「ごめんね。びっくりしたね。きみがケガしているから、ちょっと手当てをしたいんだ。悪いことはしないよ。約束する」

真剣な顔で謝ったが、それでも低く唸られた。言葉が通じるわけがない。人間だって同じことをされたら、ものすごい勢いで怯えるだろう。

でも血を流しているのだ。唸り声とは裏腹に、身体はグッタリしている。こんな小さな子、痛みなんて慣れてないはずだ。怖くてたまらないはずだ。

放置なんか、絶対にできない。

どうしたら、この子は身体に触らせてくれるだろう。できるだけ唯央が、嚙まれないようにしたい。痛いのは困る。

「あっ、そうだ」

警戒を緩めてもらう名案を思いついた。ミルクをあげるのだ。

お腹が膨れれば、ちょっとは触っても怒らないだろう。本当なら、まず先に絡まった鎖のようなものを取ってあげるべきだ。

「お腹減ってると、カリカリするのは人間も同じだもんね」

いつも使っている、斜めがけの布バッグを摑んで引き寄せた。

市場で馴染みの卸業者に、余ったというミルクを何本も貰っていた。それを深めの皿に入れて、ちょっとだけレンジで温める。

ふと、毒になったらどうしようと怖くなった。以前、猫について調べたことがあったが豹もネコ科なので同じようなものと考えていいだろうか。その時の結論は『お腹を壊すことがあるなら中止』だった。

野生動物だから、わからないことがいっぱい。とりあえず毒じゃなきゃいい。

「ホラ、お飲み。お腹減っているでしょう?」

ふんわり香るミルクの香り。小さな豹はしばらく唸っていたが、空腹には勝てなかったらしい。警戒しながらも、おとなしくペロペロと舐め始めた。

「やった!」

哺乳網食肉目ネコ科ヒョウ属、食肉類。

大きな牙と鋭い爪を持った、人を殺すこともできる獣。その動物は今、唯央の目の前で一心不乱にミルクを飲んでいる。口の周りは真っ白だ。

あっという間に皿を空にしたので、また温かいミルクを注いでやった。今度はご気分を害さないようだ。おとなしくミルクを舐めた。

「ねぇねぇ。コレ邪魔だよね。重いよね。取っちゃっていいかな?」

話しかけながら身体を撫でると、仔豹も今度は唸らない。

取ってやれるだろうか。

「これが脚に絡んで、歩けなくなったんだね。これ以上ケガをしたら大変だよ」

そーっと鎖に触れると、また唸られてしまった。

「怒らないでよ。この鎖があるから、歩けなくなっちゃったんでしょ? いい子だから、おとなしくして。これ以上ケガをさせたくないんだ」

嚙まれるのを覚悟で挑むと、またしても唸られる。これは嚙まれるかもしれない。

「嚙むのは仕方ないとしても、腕を取ったりしないでよ。あ、肉も取らないで」

ビクビクしながら、小声で言う。しかし仔豹が理解するはずもない。

ともあれ、傷の消毒をしたい。唯央は消毒薬を持ち出してガーゼに浸した。

「そうだ。厚地のジャケットを着れば、少しは防護服がわりになる。ちょっと嚙まれるのは、仕方がない。……すごくイヤだけど仕方がない」

悲愴すぎる決意をしてから、クロゼットから古い革ジャンを取り出した。亡くなった父の遺品だ。母が大事にしているものだから、バレたら怒られるだけでは済まない。

当たり前のように考えて、口元に笑みが浮かぶ。

病院で寝ている母が、自分を叱ったりするはずがないのだ。

「むしろ、怒られたいな」

思わず浮かんだ涙を、手の甲で拭ってから、大きく頭を振った。

「……もうっ、泣いていたらコレ取れないし、消毒もできないよ！」

わざと大声で言うと、ふたたび外すために挑む。すると、案外あっさり外れた。

「外れた！」

チェーンのついた何かだと思い込んでいたけれど、ネックレスだ。小さなキラキラする石が繋がっている。中央には、大きなダイヤを模した石がついていた。

大きな石はピカピカしているし、紐もキラキラの石。すごく眩しいし凝った造りだ。

でもギラギラしすぎていて、いかにもオモチャ。ありがたみがない。

「オモチャなのに、なんか立派すぎるなぁ。もっと小さくシンプルにすれば、女の人が普段使いできるのに」

どうせ大量生産の玩具だろう。いらないものだし、捨ててしまおうかと思った。だけど、それもはばかられる。そのくらい光を弾いて、綺麗なのだ。

それに仔豹が後生大事にエッチラオッチラ運んだかと思うと、捨てられない。

「きみの宝物は、ここに置いておくよ」

そう声をかけながらネックレスをトレイに入れて、キャビネットの上に置く。捨ててしまうには、あまりに綺麗だった。

それよりも、脚のケガが気になる。しかし消毒しようとして、人間の消毒薬を豹に塗って大丈夫かと、ようやく気づいた。

「うーん……」

以前テレビのドキュメンタリーで、獣医が牛用の消毒液を使って自分の消毒をしていた場面を観たことがある。めちゃくちゃ沁みると言っていた。

「人間が牛の薬を使えるなら、逆もアリだよね。ぜったい牛用より優しいはずだし」

むちゃくちゃな理屈を呟きながら、意を決して消毒液を浸したガーゼを傷口に押し当てる。とにかく、急いで消毒したかった。幸い沁みないのか、仔豹はおとなしい。唯央は手早く消毒を済ませ、ガーゼを当てて包帯を巻く。

「そうそう。きみはいい子だね。すぐに傷もよくなるよ」

傷の手当てを終えても静かな仔豹の頭を撫でる。キスしたい気分だ。しかし、しょせんは素人手当て。ちゃんとした医者に見せてあげたい。

しかし鈍くさい。こんな大きくて邪魔なものを脚と腹部に巻きつけて、人間の住む家の前で丸まっていたなんて。ここがサファリなら、確実に野獣の晩ごはんだ。

そんなことを考えていると、仔豹は皿が置いてあった場所へトテトテ歩き、前脚でちょいちょいと唯央の腕をつついてくる。

「ん?」

驚いたことに空のお皿を鼻先でズズズと押してくるのだ。要するにこれは、おかわりを要求しているのだろう。豹に、おかわりをせがまれる自分。思わず絶句する。

だが堪(こら)えきれなくなり、大きな声で笑ってしまった。

「あははは!　きみ賢いなぁ!　わかった、わかりました。ミルクおかわり!」

温めたミルクを皿に注いで、目の前に置いてやる。顔を突っ込んで舐めているので、相当お腹が減っていたのだろう。

「バイト代が出るのは来週だし、それまでカツカツだしなぁ。うぅーーーん。お金、お金、お金。獣医さんに見せるお金」

困り果てていたその時。パッと閃(ひらめ)いた。

「あ!　……待て。待て、待て、待って」

忘れかけていた記憶の糸を辿ると、すぐに思い出した。確か、あれは――――。

「思い出した!」

慌てて自分の部屋に飛び込み、机の引き出しを開ける。

一番下の、その奥の奥。ファイルやら小物が入っている箱やらを、ガサガサバサバサとかき出して奥へと手を突っ込むと、目当てのものに触れた。

「あった、これこれ」

探し物が見つかった喜びは、みんな同じ。唯央の顔が、ぱぁっと輝く。

天鵞絨(ビロード)の箱を机の上に出して、蓋を開けた。そこには大きな金貨が、きらきらと輝いている。

普段の生活とあまりに縁がないから、存在自体を忘れていた。

十六歳の男子には不似合いなものを手に、唯央はウンウンと頷(うなず)く。

(ぼくが生まれた時のお祝いで、おばあちゃんが贈ってくれたんだよね)

亡き父の母であり、大切な祖母が贈ってくれた金色に輝くコイン。

将来のために使いなさいと、メッセージカードも箱の中に入っている。とても大切な宝物。ぜったい使わないと、心に決めていた。だけど。

「でも、この子は放っておけない……」

見ていると、いろいろな思いが込み上げてくる。いわば祖母の形見だ。いくら困窮していても、これに手をつけることは考えたこともなかった。

「きっと、おばあちゃんも許してくれるはず」

数年前に亡くなった祖母に感謝と謝罪をしつつ、箱を持ってリビングに戻った。

豹はお腹いっぱいになったのか、うつらうつらしている。

「きみ、どこから来たんだろう」

ふわふわの毛並みに、そっと触れてみる。すると仔豹は目を覚ました。だが、今度は唸らない。ちょっと警戒心が薄れたようだ。

こんな些細(ささい)なことが、すごく嬉しかった。

唯央は金貨の入ったケースをネックレスの隣に置いて、仔豹に顔を近づけた。

「明日は、お医者さんに行こう。きっと、すぐに治るよ」

優しい声で話しかけながら、ふと仔豹が元気になった姿を想像する。

「元気になって、早く走り回れるといいな。でも治ったら、……どうしよう」

ようやく現実が圧(の)しかかってくる。

元気になった仔豹。この子が家にいるのなら、生活は一変するだろう。

まさか家で飼うわけにはいかない。そうなったら、獣医に託したほうがいいのか。

だが、獣医に仔豹の出どころを訊かれて、どう答えたらいいのだろう。拾ったと申告して、信じてもらえるだろうか。

「獣医さんに盗(と)ったって疑われたら、仕事がなくなっちゃうよ」

悩んでも仕方がないと思った瞬間、グーっとお腹が鳴った。

「あれ？」

一回でも鳴れば、歯止めが利かない。ぐうぐうぐぐぅーっと鳴りたい放題だ。

「お腹減った……。冷凍庫に、お肉があるけど」

ビニール袋いっぱいに入った、つやつやピンク色のお肉。残り物だって言っていたけれど、あれを焼いて食べたら、さぞやおいしいだろう。

「お肉はある。食べたい。すごく食べたい。……でも食べたらなくなっちゃう！」

強迫観念に陥っているのは、先月末の悲惨な財政状況のせいだ。

給料日前にお金がなくなって、庭で野草を摘んで食べたり、市場で残り野菜を貰ったりして凌いだ。あんなのは、もう避けたい。

悩みに悩み、けっきょく唯央が出した結論は。

「今夜は我慢して、お肉は取っておく！」

涙ぐましいことを言いながら、冷凍庫をじっと見る。これがあれば、最悪でも飢え死には免れる。十代の男子とは思えぬ、慎ましい生活の知恵だ。

だが頭が納得していても、身体は許さない。さらに腹は盛大に鳴った。

「ものすごく派手な、ファンファーレみたいだ」

仕方がないので、先ほど仔豹にあげたミルクの瓶を振って残りを確認し、一口貰って終了。全部は飲まない。

朝になったら仔豹が、また欲しがるだろう。少しでも残さなくては。

「ちびっ子はケガしているんだもん。ぼくは、後回しでいいや」

豹はごろごろ言っていた。先ほどまでの威嚇ではない。

「猫が甘えているのと同じだね」

こうやってゴロゴロされると、可愛くて身悶えしそうになる。

だが仔豹の太い脚を見て、悲しくなった。

太い脚は成長する証。図鑑で調べたら、豹の体長は百五十センチ、尻尾は長い。可愛い仕草に微笑みが浮かぶが、やはり豹。餌代だって成長すれば手に負えない。

「飼えない……」

がっくり項垂れる。どうして飼いたいと思うのか。犬や猫の子じゃない。大きくなるばかりじゃない。危険も伴う。可愛いからといって、気軽に家の中に入れていい動物じゃない。何より、自分の口を養うのが精いっぱいだ。

「あれ?」

ふわふわの感触に目を向けると、仔豹が唯央の手にスリスリしていた。

さっきまで唯央のことを警戒していたのに、ミルクを飲んだせいか距離がグッと縮まった感じだ。動物は大好きだから、すごく嬉しい。

「でも、豹なんだよね」

生活費だってカツカツ。母親は入院しているし、これから治療でどれだけお金がかかるかわからない。

希少性の高い黒豹。自分なんかが飼えるはずがない。だが、その時。

「むにゅにゅぐぐぐぅ～……」

のんきな声を上げて、仔豹が眠り始めた。唯央は丸い頭に触れてみる。

「なんかもう、めちゃくちゃ可愛いな～。……あ、でも」

この子の飼い主は血眼(ちまなこ)で行方(ゆくえ)を探し回っているだろう。仔豹だって今はお腹いっぱいで眠っているけれど、目が覚めたら親を思い出して鳴くはずだ。

淋しいのと怖いのが綯(な)い交(ま)ぜの慟哭(どうこく)だ。

(お母さんがいない。つらい。淋しい。こわい。どうしよう)

そこまで考えて、深い溜息が出た。なぜか自分と母に置き換えて悲しくなる。この子を助けたい。せめて無事に元いた場所に帰してあげたい。

自分にできるだろうか。この金も人脈も情報力もない自分が。

「……どうしたらいいんだ」

情けない声を出しながら、自室に戻って毛布を持ち出し、ソファに丸まった。

今日は仔豹と一緒に寝ることにする。

「ぼくの部屋はお父さんの標本があって。大切な形見でね。万が一にも壊せないんだ。ゴメンね。でも、これだけはダメなんだ」

言葉が通じるわけもないのに、なぜか言い訳が出てしまう。

「ぼくね、ちっちゃい時にお父さんと死に別れたから、思い出が少ししかないんだ。だから、すごく大切にしているんだよ」

そう言うと、まるで唯央の言葉が通じたように、ペロッと手を舐められる。そんなことをされると、泣きたくなってくる。

「ありがと」

父と一緒に採集した、大きくて見事な蝶(ちょう)。子供の頃からの宝物。

成長した今、蝶への興味が薄れたが、それでも大切な父の思い出だ。

壁に立てかけた標本たちを、この仔豹が倒さないとは限らない。小さくて丸い頭を撫でてゴメンねをくり返した。その時ふたたび腹が鳴る。

「うるさいな、もうっ」

どう鳴ろうが、ミルクの残りは仔豹のため。自分はもう飲まないと決めたのだ。

「もう寝る。寝ます。寝るからミルクは、いらないの！」

自分のお腹に文句を言いながら毛布を引き上げ、仔豹の頭を撫でてやる。

「おやすみ。また明日ね」

そう囁(ささや)いてライトを消し、瞼(まぶた)を閉じた。

□□□

ことん。

カタカタカタ。――――コトッ。

眠っていた唯央の意識が、物音で目覚めた。部屋の中は、真っ暗だ。

（ちびだな。いたずらっ子め）

部屋の中は真っ暗。だけど、何かが動く気配と音の元は、いたずら仔豹だ。

（何か悪さをしているに違いない。仕方がないな、起きよう）

そろそろと起き出して、手探りで壁のスイッチを押すと、パッと電灯がつく。何も壊されていませんように。そんな祈る気持ちで振り向き、唖然（あぜん）とする。

人間は驚きすぎると、声も出ない。動きも止まる。

自分の目を疑った。だって、そこには信じられないものがいた。

豹。

黒豹。

ちびの仔豹じゃない。どこからどう見ても大人の豹だ。

（な、な、なんで、うちの中に豹が）

黒豹は、しなやかな身体を持ち、金色の目は鋭い。

想像していた以上に大きくて、部屋の中での重圧感がすごかった。

こめかみに汗が流れる。心臓がドキドキした。豹なんて、どう扱っていいのかわかるわけがない。下手をしたら大ケガをする。

(ううん。ケガどころか――、一瞬で死ぬ)

以前テレビで観たサバンナの映像。可愛い目をしたトムソンガゼルに豹は音もなく近づくと、一瞬で食いついた。

そして、絶命させられたトムソンガゼルの痙攣(けいれん)した身体。見開いたままの大きな瞳。たぶん痛みも感じないまま、息絶えたに違いない。

(死ぬのか)

汗が頬を伝い、顎を伝って服に落ちた。信じられないぐらい、指が震える。

どうして家の中にいるのに、豹に嚙み殺されるのだろう。こんなわけのわからない死に方をするなんて、いくらなんでも、あんまりだ。

その時。ぐるぅぅぅっと、豹が唸り声を上げる。

(これは獲物を見つけた時の声なのかな。ぼくを見つけた声?)

身動きできない。呼吸さえ張りつめている。脈動が頭の中で響いた。

緊張で汗をかくなんて、生まれて初めての経験だった。

(死ぬ。もう死ぬ。嚙み殺される。もうダメだ)

幼い頃に見た父の遺体。突然の死は衝撃的だった。急の知らせを聞いて病院に母と二人で駆けつけたけれど、もう遺体となって安置されていた。

顔は綺麗だった。でも瞼は固く閉ざされていて、もう開くことがないと、小さな唯央にもわかった。昨夜まで笑っていたのに。お父さんはもう目を開かない。

自分も、自分も豹に嚙まれて死ぬ。死ぬ。死ぬんだ。

(こわい。こわい。死にたくない。こわい。お母さん、――お母さん)

お母さん。

その人のことが脳裏を過った時。流れる汗が止まった。

母には自分しかいないのに、ここで死ねるかと思ったからだ。

(ぼくが死んだら、誰がお母さんの面倒を見るんだよ)

そう思った瞬間、力が抜けていた手が動く。それをグッと握りしめた。

(お母さんには、ぼくしかいないんだ！)

死ねない。母を置いて死ねない。ぜったい死ねない。握りしめた拳が熱くなる。

扉から逃げ出せるだろうか。今、立っている位置から扉まで、ほんの数歩。逃げられるか。いや、違う。逃げられるかじゃない。

逃げる。逃げるんだ。迷ったら負けだ。迷ったら死ぬ。

いた。
音を立てて鼓動を刻んでいる心臓が破裂しそうだ。逃げると決意したのに、心が萎えて
いきなり豹が動いた。そのせいで、唯央の心臓が壊れそうになる。
唇を噛みしめ決意した瞬間。

豹は足音も立てずに近づいてくる。息ができない。冷や汗がまた噴き出す。
だが豹は唯央の前をスタスタ通り過ぎて、仔豹へと歩み寄っていく。

「え?」

思わず声が出た。黒豹は自分などには目もくれず、包帯を巻かれて眠る仔豹のそばへと近づいた。そして首根っこを咥えると、すたすた歩き出す。

(これって、猫の親が子供を運ぶ時と同じだ)

思わず感心して見つめてしまったが、黒豹は唯央に一瞥さえくれない。ただ美しい歩き方で、扉へ向かう。

「あ。あ。あ。あのっ!」

なぜそんな真似をしたのか。
唯央はせっかく通り過ぎてくれた黒豹を、呼び止めてしまったのだ。
なぜ声を出してしまったのか。自分で自分の首を絞めたのも同じだ。
(ぼく、何をしているんだ。やっぱり殺される! ここで死ぬんだ!)

黒豹は唯央の目の前を通り過ぎてくれたのに。なぜ呼び止めたりしたんだ。後悔の波が滝のように押し寄せてくる。

ふたたび汗が、ドッと流れる。やっぱり、もう死ぬしかないんだ。

すーっと意識が遠のきそうになった。このまま意識を失いたい。楽に死ねる。

混乱のあまり絶望的なことしか考えられないが、黒豹は無表情だ。だが獣は長く美しい尻尾を、するりと唯央の腕に絡ませた。ほんの一瞬だ。

ヒクッと震えると、見透かされたみたいに目が合う。だけど、それっきりだった。

黒豹は前脚で器用にドアノブを開けると、悠々と外に出ていってしまったからだ。

「え……？」

気づくと部屋の中には、もう誰もいない。まるで夢の中にいるようだった。

「た、助かったの、か？」

呟いて、そのまま床に座り込もうとした。だが、そんな力も抜けて倒れ込んでしまった。手がブルブル震えている。興奮しているのに指先が冷たい。

「助かった……。助かったんだ」

両手を握りしめ、大きく溜息をつく。生きている。生きているんだ。

しばらくソファに転がっていたが、のろのろと身体を起こす。その時、何か光るものが目の端に映ったので、なんだろうと目を凝らす。

すると、さっき仔豹がいた場所に、何かが転がっていた。
大きな石がついた、あのネックレスだ。
唯央は目を擦りながら、それを拾った。
これは夢じゃない。あの仔豹も、漆黒の毛並みを持つ黒豹も何もかも全てが。
――夢じゃないんだ。
心臓が早鐘のような鼓動を刻み、冷や汗で服がぐっしょり濡れている。
だけど、黒豹はもうどこにもいない、仔豹を連れて、忽然と消えてしまった。
残されたのはソファに座り込んで身動きができなくなった唯央。そして。
輝く石が光を弾く、見事なネックレスだった。

2

その不思議な出来事があった翌日。

けっきょく仔豹は黒豹と一緒に出ていって、唯央の部屋に戻ってはこなかった。

あの黒豹は、なんだったのだろう。

なめらかな黒の毛並み。しなやかな身体つき。俊敏そうな脚。鋭い瞳。鋭い牙。

考えているだけで頬が熱くなる。なぜなら、あんなに綺麗な生き物は生まれて初めて見たからだ。

対面している時は恐怖しかなかった。だけど今にして思えば豹の美しさが、頭から離れない。考えただけで吐息が洩（も）れる。

そこまで考えて、我に返った。

「ぼく、何を考えているんだろう」

不思議な出来事だったから、忘れられない。これは普通だ。

でも豹を想いながら溜息をつくのは、普通じゃない。ちょっとおかしい。

「もう、変なことばっかりだ」

そもそも、珍しい動物がどうして我が家の庭にいたのだろう。あのネックレスは、なぜ仔豹に絡みついていたのだろう。

なぜ。なぜ。なぜ。なぜ。

――なぜ黒豹が室内に入れたのか。

窓ガラスが壊された形跡はなかった。扉の鍵も同様だ。どうやって黒豹は、うちの中に入ってこられたのか。

警察に届けようが迷ったが、仔豹を拾ったことから黒豹の出現まで嘘をついていると思われるか、つまらないドラマの観すぎだと怒られそうだ。

「嘘じゃない。嘘じゃないですよー……」

呟いて虚(むな)しくなってくる。

仔豹の温かさ。手触り。絡んでいたネックレス。ミルクをあげると、口の周りをベタベタにして飲んでいた、あの顔。

配達の仕事をこなしながら、気持ちは仔豹と、あの黒豹のことに囚われていた。

なんとか仕事を終えて帰宅すると、シャワーを浴びようとバスルームに入り服を脱ぐ。

そしてシャワーを捻(ひね)って、お湯が出るまで時間を置き浴びようとした瞬間。

「ひゃあっ！」

冷水を思いっきり浴びてしまった。給湯は、ちゃんとオンになっている。だが、いくら出しても水のままだ。

仕方なしに髪と身体を洗って、ほうほうの体で脱衣所に逃げる。

「びっくりした。真冬だったら、心臓が止まっちゃうよ」

乾いたタオルで髪を拭きながら首を傾げ、あ、と思いいたる。

「料金、払ってなかった……」

母親の入院費の支払いが先月末にあったから、残高がすごいことになっていた。慌てて通帳を確認してみると、確かに笑える金額しか残ってない。

「ガスを止められるなんて、恥ずかしい」

慌てて着替えてから貯金箱の小銭をかき集めてみると、なんとかガス代に到達する。急いで病院に行く準備をし、濡れた髪も乾かさないまま、銀行に走った。

窓口で細かいお金を出すのは、ちょっと情けない。だが、お金はお金だ。

「とにかく助かったぁ……」

まだ湿った髪の毛をかき上げて、大きな溜息をつく。

聞いた話だが、ライフラインの料金が止まる順番は、ガス、それから電気。最後は水道だと聞いたことがある。では、次は電気だ。

(電気代は明後日の給料日までなんとか保ってほしい。もうお金もないし。水道料金は少しの滞納なら止まらないっていうけど)

ギリギリのことを思いながら、何度目かの溜息が出る。

お金に追われるのは大変だ。でも、母親は一人で頑張ってくれていた。今度は自分がちゃんとしなくては。恩返しではない。頑張るのは親子だから当然だ。そんなことを考えながら病院へと向かった。

病室へ行くと、驚いたことに母が起きてベッドに座っている。

「お母さん、起きていて大丈夫なの？」

唯央の顔がパッと輝いた。最近、うとうとと眠る母にしか会えていなかったからだ。母、美咲(みさき)はうっすらと微笑みを浮かべている。

「今日は調子がいいの。唯央が来た時、いつも寝ていたでしょう。ごめんね」

「病人は寝るのが仕事だよ。でも話ができて嬉しいな」

「唯央のことが心配だったわ。痩(や)せた？　ちゃんと食べている？」

「もちろん。最近は筋肉つけようと思ってトレーニング始めたんだ。ほらっ」

ジムではなく肉体労働で手に入れた二の腕を見せると、美咲が笑った。

「やっぱり唯央と話していると楽しいし、落ち着くわ。不思議ね」

ふいの言葉に茶化すこともなく、ただ頷いた。自分も同じ気持ちだからだ。

「……って、思うのよ」

「え？　ご、ごめん。なんの話だっけ」

「やだ、聞いてなかったのね。お母さん、病気も長引いているし、入院費もかかってばかりでしょう。だから日本に帰って治療しようかと思って」

「にっぽん？」

思わず呆けた声が出る。日本。聞いたことはあっても、行ったことがない国。

「お母さんが生まれて、育った国」

頭を殴られたみたいなショックが襲う。青天の霹靂という言葉は、こんな時に使うのかもしれない。

日本に帰る。

□□□

（お母さんは生まれ育った国だから、帰国するのも抵抗ないだろうけど）

しょんぼりとしながら、唯央は病院を出た。足取りはおぼつかない。

（ぼくはベルンシュタイン生まれだから、日本なんて外国だよ。言葉だってしゃべれないから、仕事できないし）

病院を出て帰ろうとしたけれど、なんだか力が抜けてしまった。

「なんか、貧血かなぁ……。ちょっと休んでいこう」

こんな時はカフェで一休みしたいところだが、節約の二文字が浮かぶ。建物を出たところに小さな中庭があるのを思い出して、そこへ向かった。

唯央はベンチに力なく腰をかけ、大きく伸びをする。

『お母さん、体調悪いのが続いているから気弱になっているのね。何より、あなたが心配なの。ずっとバイトしているんでしょう。貯金も底をついているわね』

実に母親らしい心配をされて、ぐうの音も出ない。

でも、突然帰ると言われても、唯央にとって日本は異国。未知の世界だ。

(ぼく自身ベルンシュタインでも異国人みたいなものだけど)

オメガと言われ続け、差別され続けてきた。自分は、どこに行ってもそうなのか。

誰にも受け入れてもらえず、いつも別の世界の人間と思われている異邦人。

「お母さん、兄弟と仲がよくないって言っていたのにな……」

思わず声が出てしまった。確かに金銭的には困窮している。近くに親戚がいれば心強いかもしれない。

(でも。意に添わないのに、お金がないって理由だけで日本に帰らせるのは、イヤだな。それに家を売りたくない。――――お父さんの家を手放したくない)

『渡航費用は、すごくお金がかかるわ。だから、自宅や家具を売却しようと思うの』

そう言われたら逆らえない。そもそも母名義の家だ。

「あの家はお父さんの思い出の塊なのに」

何もできない自分が、もどかしいと思う。

(お母さんは結婚の時に家族に反対されて、駆け落ち同然に家を出たって言ってたんだよね)

贅沢を言える状況ではない。思い出なんて曖昧なモノで腹は膨らまない。わかっている。わかっているけれども。

そんな曖昧な感情より、生きることが最優先。だけど。

思わず膝をかかえてしまった。誰も周囲にはいないから、無作法も許されるだろう、と思っていた。だが。

「おに、ちゃ。えーん、なの?」

突然服の裾を引っ張られて、顔を上げる。自分の足元から声がした。

「え? ええ?」

唯央の服を摑むのは、小さな男の子だ。

真っ黒い髪と金色の瞳。薔薇色の頰は、ぷっくりと丸い。陶器のお人形のようだ。ケガをしているのか、片方の脚に包帯を巻いているのがズボンの裾からチラリと見えた。

(この子、アルファだ)

金色の瞳は、選ばれしアルファの証。あどけないのに、凜々しくもある。

(アルファの子供なんて、初めてだ)

つねに尊敬の対象とされる人々に、オメガは敬意を払わなければならない。粗相をしたら、きっと自分にはね返ってくる。

ちょっと警戒して身を引いたが、小さな貴公子は遠慮なく顔を寄せてきた。

「ねぇねぇ。えーん？」

「えーん？　あ、泣いているかってことか。……ううん、泣いてないよ」

本当は半泣きだったが、こんな幼児に心細くて泣きそうだと言えるはずがない。

無理やり笑顔を作ったが、男の子は首を横に振る。

「アウラ、わかるもん。おに、ちゃん。えーんよ」

大きな瞳で見つめられると、本心を白状してしまいそうだ。

（すごい眼。金色。――――あの子と、あの黒豹と同じ）

脳裏を過ったのは、先日の仔豹と黒豹だ。

（あの子も、金色のまん丸な瞳だった。でも、あれは獣だし）

ベルンシュタイン公国でも、そうそういないだろう。アルファの子供。そんな子が、どうして自分に懐いてくるのかわからない。

だがどうして子供が保護者もなく、人気が少ない場所をうろついているのか。それが気になった。お母さんは、どこにいるのだろう。

時間はもう夕方。すでに暗くなり始めている。放っておけない。

「アウラちゃんっていうんだ。ね、ぼくと手を繋ごうか」

「てぇ？　どうちて」

不信感ありありの目で見上げられて、思わず笑ってしまった。

唯央自身も不自然だと思ったが、保護者の目の届かないところへ行くお転婆さんだ。こうやって話をしていても、いつ興味があるところへ飛び出すか、わからない。

「アウラちゃんと仲良くなりたいから！　いいでしょ」

「おに、ちゃ、えーんなのに」

痛いところをついてくる。そんなに悲愴な顔をしていたのかと恥ずかしい。だが、ここで手を繋がなくては、この子が逃げてしまいそうで怖い。

唯央はなかば強引に小さな手を取る。

「わぁ。こうやって手を繋ぐと、楽しいねっ！　……あ、でもアウラちゃんさぁ、ママはどうしたの？　きみがいなくなって、ものすごく心配してるよ」

ちょっと不満げだった幼児が、ママの一言に反応した。

「まま？　ままはねぇ」

先を続けようとした幼児の声を断ち切ったのは大人の男の、低く鋭い声。

「アウラ！」

声がしたほうに顔を向けると、長身の青年がこちらに向かって近づいてくる。

幼児は青年に向かって、「ぱぱー」と手を振った。

「あのね、アウラのぱぱ、よ」

「え？　あの人がパパなの？」

思わず手を離してしまった。間の抜けたことを訊いてしまうほど、こちらに向かってくる青年は若々しい。長身で凛々しく、容姿端麗だ。

（なんか、モデルみたい）

呆けた感想を抱く唯央を素通りして、子供の前にまっしぐらだ。

「アウラ、探したよ！」

「あうー」

「可愛い顔をしても、許しません。きみのために大勢のボディガードたちに、大捜索させているんだよ」

「……あうぅ」

幼子は首を傾げながら、大きな瞳で青年の顔を覗き込む。そのとたん、青年はアウラを抱きしめた。よほど強い力だったのか、アウラが「きゅっ」と呻く。

「でも無事でよかった……！」

叱っていたのから一転して、安堵を滲ませた声だった。

「アウラ、一人で勝手に歩いちゃダメだって、いつも言っているだろう。どんなに皆に心配かけたか、わかっているの？」

　この辺で事態の深刻さを理解したらしい幼児は、瞳に涙を浮かべている。

「ごめんちゃい」

　ぽろぽろ泣き出してしまった子供を、青年は、ひっしと抱きしめた。傍から見たら、演劇の舞台を観ているようだった。

（ボディガードが大捜索って、なんのことだろう。……でも感動の再会だよね？）

　もちろん唯央は二人についていけず、抱きしめ合う様子を見守った。

（すごく若いお父さん）

　青年は父親と言うには若々しくって、そして魅力的だ。

　艶のある黒髪は、軽いウェーブ。前髪は長いけれど、襟足はすっきりとしていて、清潔感があった。長い手足に、繊細そうな綺麗な指。

（親子そっくり。ちびちゃんも、大きくなったらカッコよくなるんだね）

　素直に素敵な人だと思った。だが、自分から挨拶はできない。

　なぜなら彼もアウラと同じ、アルファだからだ。

　オメガは下層階級で、アルファはその逆。言うなれば貴族と平民。それぐらい開きがある存在だった。

　唯央は無言で頭を下げた。オメガはアルファに、敬意を払わなくてはならない。何よりアウラの父親が来たのだから、自分が出る幕はないのだ。

(お父さんがいるし一安心。じゃ、ぼくは行こうっと)

だが、唯央がその場を去ろうと歩き出したとたん、呼び止められる。

「待ってください」

大きな歩幅でこちらに歩いてくる姿は、見惚(みと)れてしまうほどだ。

「あなたが、この子を保護してくれたのですね」

「い、いいえ。ぼくはちょっと話をしただけです」

「あなたが引き止めてくれたから、この子はどこにも行かなかった。おかげで、行方不明にならずに済みました。ありがとうございます。感謝してもしきれない」

「いえ、ぼくは何もしていません。無関係です。どうか気にしないでください」

長身の青年に見つめられて、身が竦む。そのせいか、饒舌(じょうぜつ)に否定してしまった。なぜならカッコいいと思いながら、彼が怖かったからだ。

身長が低い唯央は、長身の男性にはコンプレックスがある。それゆえの怯えだ。

(子供っぽいけど、……ぼく、小さいからなぁ)

長身の男性に引け目があるのは、劣弱意識が強いからと自分でもわかっているが。

何よりアルファに対しては、敬意を払わなければならないと決められているからだ。だが、自分は礼を尽くした。違反はしていない。

「アウラ、本当にお兄さんに迷惑をかけていない？」

「あぅー」

青年は納得いかないらしく、確認を取ろうとする。唯央は慌てて言い募った。

「アウラちゃん、ぼくは何もしていないよねっ。話しただけだよねっ！　うん、無関係！

だから気にしないでください。じゃっ、失礼します」

最後のほうは、青年に向かって早口に言った。そして、その場を離れようとする。

だが。

「おにちゃ、アウラにね、すっごく、やさしーの」

空気が読めない幼児が、面倒なことを言い出した。

「おに、ちゃ、おなかグーグーだったの。でも、アウラにミルクくれたの、よ」

とてつもない創作話が始まっている。この子と唯央は初対面なのに。

「いえ誤解です。ぼく、この子に何もあげていません」

急いで訂正しても、青年はニコニコ微笑むばかりだ。

「そうですか。優しくしてくださって、ありがとうございます」

「あう」

青年と幼児はウンウンと頷き合う。そして唯央を見つめたが、その瞳は感謝にあふれて
光り輝いている。誤解がさらに深まっているのは明らかだった。

「違いますー！」

悲鳴に近い悲愴な声が出た。だけど、誰も気に留めてくれるはずがなかった。

3

叫んだところで問題は解決しない。むしろ、厄介さが増すだけかもしれない。唯央はそう悟って、無理やり口を閉じる。ここで何か粗相をして、アルファ不敬罪になったら、投獄もありえない話ではないからだ。

バカげた話だが、アルファ不敬罪は本当に実在する。

彼らのほとんどは、社会的地位が高い。オメガなどとは比べものにならないぐらいに。それどころかオメガには人権などないに等しい。

自分がいると話が混乱する。唯央は、逃げようと踵を返した。だが。

「待って！」

鋭い声で言われて、ビクッと震える。ほかの人が聞いたら、自分が何か悪いことをしでかしたのかと疑われるかもしれないからだ。

「どうして逃げるのですか」

「あ、あの。大きな声を出さないで」

「大声？　そんなに大きな声ではないでしょう」

「人に聞かれたら、ぼくが罪に問われます。……アルファ不敬罪です」

病院の中庭だけど、どこに人の目や耳があるかわからない。悪いことをしていなくても怒られるのは、いつもオメガ。

青年もそれは察しがついたらしい。声を潜めてくれる。

「失礼しました。少し訊きたいことがあります。あなたはオメガでしょう」

その一言に、ドキッとする。思わずムキになって言い返した。

「どうして会ったばかりなのに、オメガって言うんですか。ぼくは」

「まだ覚醒していないオメガですね。見ればわかります」

断定する言葉に、思わず俯(うつむ)いた。やはり自分はベータとは違う存在なのだ。見た目か、それともオメガというのは、何か臭いがするのか。

オメガであることは、隠せない。

別に秘密にするつもりはないし、悪いことなどしていない。だけど自信を持ってオメガだと名乗れない。

だって自分たちオメガは、ヒートが来たら誰かの子供を産むだけの役割。

個人の個性や能力、ましてや意思や思考といったものも、誰も必要としていないと学校で教育され、思い込まされていたからだ。

その学校では偏った教育で、生徒も教師もオメガを差別していたように感じられた。だから唯央は、ほとんど学校に行かない問題児だったのだ。

市場で仕事を始めた時、契約してくれた店の店主たちには、オメガと記入された身分証を呈示している。オメガと理解された上で、仕事ができているのだ。

だが、面と向かってオメガと言う人間はめったにいなかった。

通常オメガは十代後半ぐらいで覚醒し、ヒートと呼ばれる発情を迎える。子供を宿すため男を誘い、淫蕩（いんとう）に振る舞う。だから疎まれるのだ。

男を誘惑するために身体から麝香のような濃厚な匂いを発し、理性を失うほどの情欲を撒（ま）き散らし、子供を孕（はら）み出産する。

これがオメガにとっての、最高の幸福と言われ続けてきた。

だけど本当に幸福かどうかは、相手によるとしか言えない。出産を終えると、逃げていく番もいるという。そんな場合でも、悪いのはオメガとされる。

何をされても、悪いと言われ続けるのはオメガ。

「ぼくは確かにオメガです。でも誰とも番にならないし、子供も産みません。オメガでも子供を産むか産まないかは自由のはずです」

胸に秘めていた思いを口にしてしまうと、目の前の青年が驚いた顔をしている。まさかオメガが、番をいらないと言うわけがないと思っているからだろう。

そんな様子をどう思ったのか、青年は穏やかに訊いてくる。

「あなたは、ああ失礼。私はアルヴィと言います。この子はアウラ。あなたのお名前を伺ってもよろしいですか？」

紳士的に名前を尋ねられて、ちょっと拍子抜けをしてしまう。オメガであったために横暴に扱われたことなど、無数にあるからだ。

唯央がオメガとわかっていても、この人は横暴じゃない。すごく優しいジェントルマンだ。そうわかると、ちょっとだけ気持ちが揺らぐ。

普段なら初対面の人には絶対に名乗らないが、つい言ってしまった。

「唯央……、唯央・双葉・クロエです」

「唯央。馨しい、新緑の香りのような響きだ。よろしく、唯央」

そう言うと彼は、改めて右手を差し出してきた。握手だ。

こんなことをされたのは初めてで、気恥ずかしい。だけど彼の指先がとても綺麗で、拒否する気になれなかった。

「よ、よろしくお願いします」

おずおずと手を差し出すと、一瞬だけキュッと握られたが、すぐに離れた。

爽やかな、さらりとした感触だ。少しも不快感を抱かなかった。

(なんだか俳優と握手したみたい。ドキドキしちゃった)

男同士の握手で、どうして胸が弾むのか。自分でも変だなと思いつつも、握手された手を、そっと握りしめる。

どうしてそんなことをしているのか、自分でも変だと思う。

「それで訊きたいのですが」

話しかけられていたのだと気づき、ハッとする。慌てて俯いていた顔を上げた。

「ええ、と。はい。なんですか」

「不躾ですが、なぜ子供もアルファもいらないと、思ったのですか？」

アルヴィはそう言うと足元にいたアウラを抱き上げ、そのまま空いていた唯央の隣に座ってしまった。とうぶん動きませんよという姿勢だ。

唯央はぎりぎり痛む鳩尾を、無意識に庇うように手を当てる。

（この人、物腰が柔らかくて品がいいけれけど、押しが強いのかな）

初めて会う人に対して押しが強いと思うのは失礼だと、唯央もわかっている。

だけど唯央は、もう彼にグイグイ押されている気がした。

振りきってその場を離れることもできたが、それも大人げない気がする。

「アルヴィさんは、アルファですよね」

「アルヴィと呼んでください。おっしゃる通り、アルファです」

改めて呼び捨てにと言われると、ちょっと気恥ずかしい。でもあえて敬称を抜く。

「アルヴィ、ぼくたちオメガは認定されると、すぐに差別的な目に遭います。さすがに石を投げられることはありませんが、子供の頃に学校で何か物がなくなると、オメガが盗ったんじゃないかと苛められました」

「なぜ、そんなことをするのでしょう」

「子供は惨酷です。親が差別をすれば、すぐに真似をします」

話をしていると、思い出したくもないのにどんどん嫌な記憶がよみがえる。

「物がなくなればオメガのせい。雨が降ればオメガのせい。晴れが続いてもオメガのせい。とにかく、悪いことは全てオメガのせいなんです」

学校に行っていた時、クラスで飼っていた老ウサギが死んでしまった。明らかに寿命だ。でも子供は惨酷で、納得いかないことはオメガのせいにする。

そしてその時、クラスにオメガは唯央一人だった。

「だから人間不信にもなったのかもしれません。アルファに限らず、人が苦手です」

なんで、ぼく、こんな話をしているんだろう。

唯央の心中は、疑問と後悔のオンパレードだった。

格好よくて、長身で、綺麗で、優しくて、上等なスーツに身を包んだ彼。何もかも恵まれているアルファにオメガの話をしても、理解されるはずがない。

唯央は心の中で小さな溜息をつくと、顔を上げた。

「おかしなことを言って、ごめんなさい。じゃあ、これで失礼します」

それだけ言って席を立とうとする。すると、グッと腕を掴まれる。

「え？」

「もうひとつ確認させてください。あなたは番がまだ決まっていない。そして、子供を産むつもりもないとおっしゃいましたね」

「は……、はい。言いました。それが何か」

「立候補させてください」

唐突に言われたが、なんの話だかわからず首を傾げる。

「立候補？　えぇと、……すみません、なんの立候補ですか」

そう訊くと優美に微笑まれた。まるで大輪の薔薇が開いたような美しさだ。同性に向かって美しいというのは、おかしな表現だろうか。でも。

（でも、この人――――、すごく綺麗なんだもん）

華やかな容姿だけでなく、艶のある髪も肌も、花の色の唇まで。何もかもが、とても美しいと思う。こんな人、今まで見たことがない。

思わず笑顔に見惚れて、すぐに額に手を当てた。

（ぼく、なんかおかしい）

「ごめんなさい。やっぱり、よくわからないです。立候補って、なんの話を」

「私を番の候補に入れてください」

「は？」

「私はあなたと、……唯央と番になりたいんです」

□□□

唐突に番になりたいと言われて、思わず相手の顔をまじまじと見つめた。たった今番はいらないと宣言したばかりなのに、何を言っているのだろう。

そもそもアルヴィと唯央は初めて対面してから、そんなに時間が経っていない。それなのに番？　あまりに急な話だ。

「ぼくの話を、聞いてくれていましたか？」

「ええ。オメガだけど子供を産む気はない。番もいらないとおっしゃっていました」

聞こえていたのに、なぜ番になりたいと言うのか。まったく理解不能だ。

困り果てていた唯央は、クイクイッと服の裾を引っ張られて視線を向ける。引っ張る悪い子は、一人しかいない。

「なぁに？　アウラ、どうしたの」

「おに、ちゃん！　ぱぱと、けっこん？　けっこん？　そしたら、アウラのまま？」

きらきら輝く眼差しを向けられて、眩暈と頭痛が襲ってくる。

父親といい息子といい、この親子は人の話を聞こうとしない。

「結婚？　あははは……。結婚なんて無茶なことには、ぜったいならないよ」

「どおちて？」

「どうしても、こうしても。とにかく結婚はないよ。それにアウラのママは、ぼくには荷が重いかなー。第一、本当のママが聞いたら悲しむよ」

力なく笑って答えると、アウラはちっちゃな指を空に向ける。

「ままね、あぇ」

「あぇ？　あぇって、アレのことだね。え？　あれって……」

アウラが指で示したのは、白い満月だ。

蒼穹（そうきゅう）に浮かんでいた月はその背景を夜の帳（とばり）に変え、幻想的に美しい。

「まま、これから、おつきさまになるのよって、ゆった」

「……」

「おつきさま、になってね。アウラのそばにいる、の。いっつも。いっしょお！」

これからママはお月さまになって、一生アウラのそばにいるわ。

それは自らの死を察したであろう母親の胸に迫る想いと、死など理解ができるはずもない幼子の切ない話だ。だが唯央は、あえて微笑を浮かべ明るく言った。

「アウラのママ、お月さまになっても、すごく綺麗だね」

「うン！　まま、きれいなの。だからね、おに、ちゃ、ままになって！」

「それとこれとは、微妙にズレているかなー。でも、友達になれるよ」

「ともだち?」

アルヴィはずっと無言だ。黙って、この成り行きを見つめていた。

「そう。一生そばにいられるわけじゃないけど、どこにいても、どんな時も心の中に住んでいて、困っている時には、ただ話を聞いてくれる。それが友達っていうの」

唯央には親しい友達がいない。でも、ずっと母がその役を担ってくれた。

母であるけど、友達でもあったのだ。

だから弱っている彼女を見るのが、とてもつらい。力になりたいけど、なんの役にも立たない自分が腹立たしい。

だからこそ、母親がお月さまと言った幼子の気持ちがわかるのだ。

「ぼくアウラと友達になりたいな」

「うン、ともだち! ままは、おつきさま。おに、ちゃは、ともだち!」

「じゃあ手始めに、唯央って呼んで」

「おに、ちゃ。……ダメなの?」

「ダメじゃないけど名前で呼び合うほうが、カッコいいよ」

そう言うとアウラは、ん~っと困り眉になったが、パッと顔を輝かせる。

「うン。イオっていうね。おに、ちゃ!」

「……ま、追々ね。追々がんばろうか。じゃあ、指切りしようか。指切りげんまん」

「げんまん」

「そう、こうやって小指をね」

言ってから、指切りがベルンシュタイン公国で通用するのかと気づいた。唯央は母親が日本人だから、指切りげんまんは普通の遊びだった。

だがアウラは満面の笑みを浮かべながら、小指を差し出してくる。唯央も笑って、小さな指に自分の小指を絡ませた。

「これって、日本だけの遊びじゃないんだなぁ」

その時、パチパチと拍手が響く。顔を上げると、アルヴィが手を叩いていた。

「お見事です」

「……見ていたなら、助けてください」

「すみません。二人の会話がとても微笑ましくて、聞き惚れてしまいました」

適当なことを言われていると思ったが、あえてそこは追及しない。言っても、彼は優雅にかわすだろう。そしてその予測は的中する。

「子供のナゼナニは厄介なのに、綺麗にまとめてくださって感謝です。しかし、アウラがよく懐いていて驚きました。この子は愛想がいいけれど、なかなか他所の人に心を開けないのです。自分の殻に閉じこもってしまうので」

そう言われて、思わず幼い子を見つめてしまった。

唯央も、まさに同じだからだ。

「……なんだか、わかります。愛想よくしないと受け入れてもらえないから、いつもニコニコします。でも、本当は笑いたくなんかない時もあるし」

「ああ、なるほど。では、あなたは何が悲しいのですか」

いきなり言われたので、仮面をつける暇がなかった。

からかわれているのかとアルヴィを見ると、宝石のような澄んだ彼の瞳に、魂が奪われそうになる。

誤魔化しを見抜かれる。なぜだか、そう思った。

「――母が、ずっと入院していて」

「こちらの入院患者でしたか」

「はい。もう何か月になるのかわからないぐらい、ずっと……」

そう言ったとたん、張りつめていた何かが緩む。ポロッと涙が零れてしまった。

「……大丈夫ですか」

アルヴィはそう囁くと、そっと抱き寄せる。ふわっと優しい香りがした。

「ごめんなさい、母が入院しているあいだ、いろいろ考えちゃって」

「心細いのは当然です。失礼ですが、お父さまは」

「父は事故で亡くなりました。ずいぶん前の話です。家族は母だけです」

こんなふうに自分の話を他人にするなんて、初めてだ。緊張しながら言葉を選ぶ。

この人は、どうして自分なんかに興味を持っているのだろう。

「母は一人でがんばって、ぼくを育ててくれました。いつも大丈夫って言う人で、ぼくはそれを疑いもしなくて。でも大丈夫じゃなかった。ずっと無理をしていた」

お母さん、大丈夫？　そう訊くと、笑顔を浮かべる人だった。どうして、その笑顔を信じてしまったのか。大変に決まっているのに。

自分は無意識に、母の大変さに蓋をして大丈夫と思い込んでいたのだ。

「母は、どんどん痩せていくし、医者も、もっと先進医療を受けられる病院に移ればどうかって言うけど、もうお金が……、お金がないんです」

なぜ初対面の人に、こんな恥ずかしい話をしているのだろう。

頭のどこかが冷めていて、もうやめろと必死で停止させようとする声も聞こえる。でも、堰（せき）を切ったように情けない言葉が零れ出る。

話をしても気持ちが楽になるわけじゃない。吐露しても、事態はなんら変わらないと頭の片隅でわかっている。

その証拠か、言っていると惨めで、どんどん涙があふれてくる。

最愛の人の危機に何もできない。初対面の人に愚痴を垂れ流している惨めな自分。

――――もう、消えてしまいたい。

そう思った瞬間。服が引っ張られた。伏せた顔を上げると、やはりアウラだ。

「あ、ご、めん。ごめんね」

さっきまで、お月さまになった母親のことを聞いて、可哀想にと思っていた。

でも自分が同じ立場になってみると、同情がどれほど傲慢(ごうまん)かわかる。

人が人を可哀想と思うのは、尊大なことだ。

でも、そうしたら人と共感することは、いけないことなのだろうか。

そう思うと、母が入院している哀(かな)しみ以上に自分が恥ずかしくて、泣きたくないのに涙が出る。すると、

「おに、ちゃ。ままね、なおるお」

「え?」

そばにいたアウラが唯央の膝に触れてくる。

「なおるのよ。アウラのままも、いってる。だいじょうぶよって」

「ママも言ってくれているんだ。……そっかぁ」

子供の戯言(ざれごと)。当てずっぽうの、慰めの言葉。

わかっていても、心の奥に築かれていた痛みの壁が、ポロポロと崩れる。

「だいじょう、ぶ。なのよ」

細く小さな声が聞こえる。唯央はアルヴィの腕から離れると、小さな子を抱きしめる。ふわふわして、お日さまの匂いがする。

根拠のない子供の同情。ただの気まぐれ。たが、その言葉に張りつめていたものが溶けてしまい、ふたたび涙が零れた。

アウラが小さな手を伸ばして、唯央の頰をそっと撫でる。思わず笑ってしまった。

「わらったぁ」

すかさず嬉しそうな声が上がって、照れくさくなって両手で顔を隠す。

恥ずかしい。でも笑うって、いいな。

今まで意識したことなかったけれど、笑うと、それだけで心が豊かになる。笑みを浮かべただけで心の中の暗いものが、少し晴れた気がした。

もちろん問題は解決していないけど、それでも笑えると確認できる。

笑うって、すごい。

唯央は改めてアルヴィに向かって頭を下げる。

「ごめんなさい。なんか、気が弱くなっているみたいで」

「大切な家族が病気になれば、誰だって不安になりますよ」

優しい声と言葉に、また涙が滲みそうになる。唯央は慌てて涙を振り払った。

「でも話を聞いてもらって、こんなふうにアウラに慰めてもらうと、すごく楽になりました。……不思議ですね。アルファがこんなに優しいなんて」

「それはひどい。アルファは皆、紳士揃いですよ」

彼は綺麗にプレスされたハンカチを差し出した。イニシャルが刺繡されている。

「あ、こんなハンカチ、もったいないです」

「いいから。使ってください」

なおも言われて、おずおずと受け取った。すごく上質な手触りだった。目元に当てると、柔らかい植物の香りがする。

「あの、ハンカチは洗濯してお返しします。ご連絡先を教えてもらえますか」

そう言うとアルヴィは微笑みを浮かべた。

「ハンカチは返さなくてもいいです。でも、唯央と連絡先が繫がるのは嬉しいですね。もう一度、会ってくれるということでしょう？」

そう言われて、先ほどの番の話がよみがえった。

「いえ、あの、そうじゃなくて」

それとこれとは話が別だ。そう思って手を横に振ったのと、空腹のためお腹が激しく鳴ったのは同時だ。

「わ、わわわわ……っ」

息を大きく吸い込んで誤魔化そうと思ったが、腹の音はさらに軽快に鳴った。

「おに、ちゃ。ぐーってなった！」

「わーっ、やめて言わないで！」

「ぐーって。ぐーって。おに、ちゃ、はらぺこぐー。おに、ちゃは、いっつも、はらぺこぐーぐーなの！　アウラ、しってるもん！」

きゃっきゃっと明るい笑い声が響く。子供は本当のことしか言わない。だからこそ容赦なく惨酷だ。見栄も体裁も、もちろん世間体もない。

きゃっきゃっと笑う子供に敗北感を覚える。

思わず項垂(うなだ)れると、肩に手を置かれる。振り返ると、アルヴィだった。

「行きますよ」

「は？　い、行くって、どこに……」

「食事です」

なぜ食事なのか。そもそも唯央に、外食するような金銭的余裕はない。

「い、いえ。ぼく結構です。遠慮します」

そう言うと肩に置かれていた彼の手に、グッと力がこもる。

「あの？」

「どうしても一緒に来てもらいます」

表情も声音も変わらないが、彼は無表情で怒っている。しかも、ものすごく。

そして美しい人が怒ると怖い。唯央は初めてそれを知った。

□□□

夢かと思った。

連れていかれたのは、病院を出てすぐのところにあるドイツ料理の店だ。

唯央が眩暈を堪えながら見ている視線の先には、色鮮やかなビーツのカルパッチョと、色とりどりの野菜が盛られたサラダが並んでいる。

それだけではない。アイスバインという茹(ゆ)でた豚肉の塊。グラーシュというビーフシチュー、パン粉が香ばしい香りを放つシュニッツェル。紫キャベツの酢漬け。

夢なら醒(さ)めないで。本気でそう願うほどに、魅力的な光景だ。

「どうぞ召し上がれ」

優しい声で言われて、泣きそうな目を向ける。ここまで来て往生際が悪いと自分でも思うが、見知らぬ人にご馳走(ちそう)になるなんてできないと思った。だが。

「あのね、アウラこれが、すき!」

そう言うと屈託のない幼児が、ハートのような結び目になっているパンを取って、唯央の口元に持ってくる。

「おいしーの！　おに、ちゃ、たべて！」

口の中に突っ込まれたので、避ける暇もなくプレッツェルと呼ばれるパンを咀嚼した。

その様子をアルヴィもニコニコして見ている。

もぐもぐゴクンと飲み込んだ瞬間、倒れるかと思った。それぐらい美味だ。

（おいしい！）

バターとシュガー。ほんのり香るミルクの匂い。上に散らされた胡麻もプチプチして、ものすごくおいしい。

唯央はパンを受け取ることも忘れて、アウラの手から食べた。食べきったあと、泣きそうな声が出る。

「お、お、お、おいしぃ……っ」

「おにく！　おにくも！　ねぇねぇ、ぱぱ！　おにく、とって」

「はいはい」

アルヴィは笑いながら悠々たる手つきで、たくさん並べられた中から肉料理を取り、近くに置いてあった緑色のソースをかけて、唯央の皿へとサーブしてくれる。

「冷めないうちに、召し上がってください」

そう言われて覚悟を決めた。やはりあの金貨を売ろう。

祖母のことが脳裏を過ったが、今、食べなくては後悔の波に溺れて死ぬ。

本気で思うぐらい、唯央は空腹だった。

「いただきます！」

マナーも忘れて、大きく切り取られたアイスバインを口に入れる。そのとたん、肉汁が口の中にあふれ出す。とんでもない美味が、口腔に満ちた。

「おいしーね。おに、ちゃ。おいしい？」

アウラが首を傾げて訊いてくるが、唯央は無言で嚙み続ける。

話をしたら、美味が消えてしまうと本気で思ったからだ。

もぐもぐ嚙み続けて、ようやくゴクンと嚥下する。そのとたん溜息が出た。

「なにこれ。おいしぃぃぃぃい……」

ほかに言葉を知らないのかというぐらい、同じ言葉をくり返す。

久しぶりの美味だったので、ほとんど涙声だ。先日の肉は、冷凍庫の中にしまってあるので、まだ手つかずだ。

「おに、ちゃ。アウラのぶん、あげゆ」

そう言うと、小さな手には大きすぎるフォークを使って、肉を唯央の皿に置く。そのとたん、我に返った。

「だ、だめだめ！　アウラのぶんは、アウラが食べるの！」

「だぁってぇ。おに、ちゃ、ペコペコよ」

ガーンとする。こんな幼児に同情されている自分は、人として問題ありすぎだ。

思わず落ち込むと、優しい声がした。

「アウラ、たくさんあるから、自分の皿のものは自分で食べなさい。唯央も遠慮せずにね。足りなければ追加しましょう」

アルヴィはそう言うと、また新しい皿に別の料理を取り分けて唯央の前に出してくれる。ようやく落ち着いて、その様子が目に入った。

背筋が綺麗に伸びた彼は、肉をサーブする時さえも優雅だ。

「アルヴィは、きれい、だなぁ」

思わず口から、ぽろっと出てしまった。

「そうですか。ありがとうございます」

にっこりと微笑まれて、ハッと我に返る。自分は何を、口走ったのだろう。

「あ、あああ、ぼく何を」

真っ赤(まか)になると、またしても麗しく微笑まれる。

「褒めてくださったのでしょう。嬉しいです。母は子供の私から見ても、とても美しい女性です。その母に似たのでしょう。もちろんアウラも」

自分の話題で顔を上げたアウラも、すぐにプレッツェルに興味が移ってしまう。

「お菓子ばかりじゃなく、お肉を食べなさい」

「あいっ」

お父さんは優しいが、躾もきちんとしていると思った。

「食べながら訊いてもらえますか？」

彼がそう切り出したのは、唯央が三皿目の料理を平らげた時だ。唯央は慌ててフォークを置いて、顔を上げた。

「先ほどアウラが言っていた、この子の母親のことです」

「は、はい」

ドキッとした。まさか、こんな場で出ると思わなかった。それに亡くなったとはいえ、奥さんの話を聞くのはモヤモヤする。

そこまで考えて、何を考えているのだろうと思った。

自分とまったく関係ない人の、今はいないだろう奥さんのことを聞いたからって、どうなるものでもない。ただの世間話かもしれないのだ。

彼はスーツの胸ポケットから、金属のレリーフで飾られた手帳を取り出した。それから長い指で手帳を開いて見せてくれる。そこに挟まれているのはアルヴィと、今よりも幼いアウラ。そして細身の綺麗な女性の写真だ。

（これって……）

唯央の胸が大きく波打つ。でも無邪気にこの人誰ですかなんて訊けない。いや。幼子と同じ顔を持つ女性なのだ。訊くまでもない。

「妻です。昨年に亡くなりました」

その一言を聞いたとたん、脈動を刻む心臓が、冷たくなる。

「すごく綺麗な方ですね。女優さんみたい」

「ありがとう。昔は映画の仕事もしていましたが、結婚を機に引退しました」

女優。さらりと言われて驚いた。

(なんで妻って聞いただけで、こんなに動揺するんだろう。アウラのお母さんの話は、もう出た話なのに。……ぼく、変だ)

どうしてわけもなく胸が高鳴るのかと思いながらも、なぜか自分が神経過敏になっていることに気づく。

「あなたは子供はいらないと言っていました。ですが私はあなたに、私の子供を産んでほしいと思っています」

「……意味がわかりません」

「私と番になってください」

母が『日本に帰る』と言った時、青天の霹靂だった。

あんな驚きは、そうないと思っていた。だけど。

「私の番となって、この国でずっと暮らしていきましょう。もちろんお母さまの治療は、私が責任を持って支援したいと思います」

ものすごく真剣な瞳に見つめられて、眩暈がするのを感じた。

――まさに、青天の霹靂だった。

4

（この人は、何回同じことを言えば、理解してくれるんだ……っ）

戸惑いが続けば苛（いら）つきになり、しまいには怒りに変化する。唯央はまさに今、その苛つきを感じていた。

番になる。すなわち発情期を迎えたオメガと、繁殖行為を行うことだ。誰もが周知の事実だが、初対面の人間と朗らかに話す内容でもない。

何よりまだ十六歳と若い唯央にとって、性にまつわる話を公の場ですることの戸惑いも強いし、子供の前でされるなんて考えられない。

「誰とも番にならないって言いました。それなのに、なぜそんな話をするんですか」

思わず声が引っくり返る。だが、それが可笑（おか）しかったのか、アルヴィは目元を細めて唯央を見つめていた。

「もちろん、番になるアルファを選ぶ選択権は、オメガである唯央にあります。我々アルファは、選んでいただけるのを待つだけの、哀れな存在ですから」

ありえないことを言われて、ふたたび呆然（ぼうぜん）とする。オメガにアルファを選ぶ権利などない。絶対にあるわけがない。

オメガは発情が来たら、理性では止まらないという。要するに否応(いやおう)なく誰かと番にならなくてはならない。アルファだけでなく、ベータにまで手当たり次第に発情し繁殖しようとするからだ。

オメガが忌み嫌われる理由は、これだ。

常軌を逸した繁殖行為。すなわち淫乱を極める、おぞましさだ。

だから唯央は欠かさず抑制剤を飲んでいた。

ぜったいにヒートなんか迎えない。涎(よだれ)を垂らしてアルファを誘うような、そんな醜い動物になりたくない。

誰とも番になんかならない。

絶対に。

「アルファが哀れな存在なんて、嘘ばっかり。オメガにとってアルファは、絶対君主であり神と同じです」

唯央が言うとアルヴィは困り顔で肩を竦める。

「アルファは愛らしいオメガに嫌われたら泣き暮らす、愚かな生き物なのですよ」

これもまったく予想外の言葉だ。オメガがアルファを選ぶなど、ありえない。オメガは発情期になると本能に従い脚を開く。選ぶ権利など存在しない。

そもそもアルファは数が少ない。その上、生まれつきのエリートであることが多い。社

会的地位も高く、支配者階級も多い。容姿端麗が多いのも特徴だ。

なのに、このアルファは白々しくもこう言ってのけた。先ほど言われた言葉が、よみがえる。「アルファは愛するオメガに嫌われたら泣き暮らす、愚かな生き物なのですよ」と。

「すみません、意味がわかりません」

なぜなら支配者階級のアルファを選ぶなんて、ありえないからだ。そんな不遜なことがオメガに許されるわけがない。オメガは、下卑た存在と言われ続けてきたのだ。

「ああ、そうだ。――――失礼」

アルヴィは唐突に言うとテーブル越しに唯央の手を取り、そっと指先にキスをした。

「え……っ」

ビクッと震えて手を引き抜く。アルヴィは目を細めて微笑んでいた。

「唯央が私を選んでくれるように、おまじないです」

彼は、まったく慌てることもない。浮かべた微笑みは艶美ですらある。

慌てたのは唯央のほうだ。こんな場所で、同じテーブルにはアウラもいるのに。

「だから話をちゃんと聞いてください。ぼくは誰も選ばないし、ましてや番になりません。抑制剤だって、ちゃんと服用していますから、発情なんて起こりません」

抑制剤とは政府が認める、オメガの発情を抑える、青銅色の薬だ。オメガと認定されると、政府から支給される。唯央はこの薬をきちんと服用していた。

「唯央。あなたは発情して苦しむオメガを、見たことがないでしょう？」

静かな声で言われて、ハッとなる。たった今まで微笑んでいた彼の眼差しは、とても静かなものになっていた。

「発情期の、苦しむオメガ……？」

「可哀相なぐらい滾って、何も区別できなくなります。それが覚醒したオメガ。番が見つかるまで、何度も発情はくり返されます」

思わず手が震えた。発情が、そんなに壮絶だなんて考えたことがなかった。

なんて醜悪で、みっともない生き物だろう。

種が欲しいとアルファにしがみつく、浅ましい動物。そんな下等な生き物ならば、差別されても当然だ。

「そんなのイヤだ。ぼくは絶対に発情なんかしない。絶対に、です」

真顔のまま頭を振ったが、彼の瞳は静かだった。

「拒否されているのは、もちろん承知の上です。だからこそ、私を選んでください」

そう宣言されて、唯央は倒れそうになった。

（こ、この人、ぼくの話をぜんぜん聞いていない）

これ以上、不毛な話し合いをするのはやめて、彼ともう離れたい。

これ以上話を続けていたら自分もまだ知らない自らの恥部が、曝け出されてしまいそうだ。そんなことになったら、絶対に自己嫌悪に陥るだろう。

だが。その時。

「アルヴィさま！」

店の扉が開き、いきなり鋭い声がした。振り返ると、黒いスーツを着た長身の男が、こちらに向かって歩み寄ってくる。アルヴィは、片手を上げて合図をした。

「エアネスト、こちらだ」

「アウラさまもご一緒でしたか。お探ししました」

エアネストと呼ばれた男はスーツを着ていても、うっすらと筋肉が見て取れる。きっちりと撫でつけた髪と服装。

彼が友人などではなく、仕事でアルヴィを探していたのだと察しがついた。

そして先ほどのアルヴィの言葉がよみがえる。

『きみのために大勢のボディガードたちに、大捜索させているんだよ』

ボディガードとは穏やかじゃない。アルヴィとアウラは、いったい何者なのだろう。どこかの大企業の、社長と御曹司とかなのか。

エアネストは唯央を見て、控えめな会釈をする。

「お食事中、失礼いたします。アルヴィさま、こちらの方は」

不審者扱いされているのか、視線が冷たい。きっと彼にとっては、ご主人さまとアウラ以外は、全てが不審者なのだ。

「紹介しよう。こちらは、アウラの面倒を見てくださった、唯央だ」

そう紹介してくれたので、ほんの一瞬だけエアネストの表情が和らぐ。だが。

「唯央はオメガで、まだ番の相手がいない。なので、私をその候補に入れてくれないかとお願いしていたところだよ」

「は?」

アルヴィの一言にボディガードの気配が、一瞬にして冷たくなった。唯央も呆気に取られて二の句が継げない。

「お戯れも大概になさいませ」

するとエアネストの氷のような声音が響いた。

「アルヴィさま。ご自分のお立場をわきまえてください。このような場で、しかも相手は子供のオメガではありませんか」

初対面の人に子供扱いされて、唯央の頰が引きつった。しかもアルヴィは否定してくれない。彼が引っかかったのは違うところらしい。

「戯れ? エアネスト、それは失敬だ。私は本気だよ」

男二人の静かな言い争いが響く。もう逃げたい。唯央は扉を見た。今なら、逃げられるかもしれない。いや、無銭飲食で捕まるだろうか。

「迷子になりかけていたアウラを保護してくれた優しさと、聡明さ。温かい性質、オリエンタルな魅力。唯央の何もかもが、番として相応しい」

アルヴィは勝手に話を盛り上げている。唯央は困り果てていたし、何よりエアネストの視線が痛い。彼の顔は無表情だが、ものすごく怖いのだ。

「……あのー」

恐るおそる声をかけると、二人が揃ってクルッと振り向いた。どちらも美形なので、異様な迫力がある。

「ぼく、帰ってもいいですか」

「お送りしましょう。エアネスト、車を」

「かしこまりました」

「あの、お代を払います。今日は持ち合わせがないけど必ず……」

「とんでもないことです。アウラを保護してくださったお礼にもなりません。それに、もう支払いは済んでいます」

ハッと気づくと、すでにカードで支払いが済まされていたらしく、テーブルのすみに銀のトレイと伝票が置いてあった。

「あ、いつの間に……っ」

「お誘いしたのだから当然です。アウラ、お腹いっぱいになったかな?」

「なったぁ。ぱぱ、おいしかったぁ！」

アルヴィは子供の頭を撫でてやりながら唯央を見て、「ね？」というように頷く。

要するに子供は大人の厚意に、笑顔で甘えていればいいということだ。

しかし唯央は、食べたいだけ食べてハイ帰りますは、通用しないと思った。だが、アルヴィは生粋の紳士で、すぐ車の用意を整えてくれる。

「せっかくのお料理、ずいぶん残ってしまいました。もったいないですね……」

ご馳走になっておきながら、残った料理を名残惜しそうに見つめてしまった。それをどう思ったのか、アルヴィはボーイを呼ぶ。

「すみません。この料理を、持ち帰りたいのですが」

「かしこまりました。少々お待ちくださいませ」

ボーイも気を悪くした様子もなく、並んだ皿をさっさとトレイに乗せた。

慌てたのは唯央だ。まさか品のいいレストランで、残り物をテイクアウトするとは、思ってもみなかった。

「ご、ごめんなさい。立派なお店で、不躾なことを言っちゃって」

そう謝ると、彼はちょっとだけ肩を竦める。

「残した料理は、廃棄されるだけです。それなら持って帰っておいしく食べたほうが、ずっといい。店も喜びますよ。私も学生時代はよく持ち帰りしました」

驚いた。この品のいい紳士が、食べ残しを持ち帰るなんて想像がつかない。

唯央の心情は顔に出ていたらしい。アルヴィは快活に笑った。

「びっくりした顔をして、どうしました？　そんな顔も、可愛らしいですが」

最後の一言は聞かなかったフリで、話を戻す。

「アルヴィは、すごくいいところのお坊ちゃんって感じだから、残ったものを持って帰るってイメージがなくて」

「お坊ちゃん？」

唯央の言葉を聞いたアルヴィに朗らかに笑われた。どうやらお坊ちゃんが面白かったようだ。涙まで滲ませている。

（お坊ちゃんって、そんなに面白いこと言ったかなぁ）

見ているこっちが恥ずかしくなるぐらい笑われたが、ようやく収まったようだ。

「まぁ十代なんて、とにかく空腹です。しかも学生寮は決まった時間にしか食事が出ないし、量も足りない。いろいろ涙ぐましい工夫をしました」

そう言われると、とても意外だ。アルファの貴公子は皆が品のいい、優等生ばかりが揃っているのだと思っていたのに。

「それより先ほどの件は、考えておいていただけますか」

「先ほどって？」

「番の件です。私はあなたと番になりたいし、アウラの母親にもなってもらいたい。もちろん欲しいのは唯央、あなたです。私はあなたと一緒に暮らしたいのです」

なおも言い募られてしまったので、恐るおそる口を開いた。

「……ぼくは、本当に番には向かないと思います」

「なぜ、そう思われるのでしょう」

「発情が怖いし、勢いで子供を授かるのも怖い。知らない人と番になるのが怖いし、母のことも心配です。何もかもが怖いからです」

そう言うとアルヴィは手を差し出して、そっと唯央の髪に触れてくる。

「あなたは……」

何かを言おうとしたその時。先ほどのボーイが紙袋を持って、戻ってきた。

「大変お待たせしました。お品物はこちらになります」

わざわざ紙袋を開いて見せてくれた中身は、きちんと使い捨てのプラスチック容器に入れられた料理の数々だ。食べ残しとは思えないほど、綺麗に並べてくれている。

「ああ、ありがとう」

アルヴィが袋を受け取ると、ボーイは頬を真っ赤にしながら言った。

「とんでもないことでございます。アルヴィ殿下」

ボーイのこの一言に、唯央の動きが止まる。

アルヴィ殿下。

でんか？　って、……ナニ？

ものすごく聞き慣れない単語に、思わず首を傾げた。ボーイは唯央など眼中にない。ただキラキラした瞳でアルヴィだけを見つめていた。

「殿下にご来店いただけるなんて、当店にとって、これほど名誉なことはございません。光栄です。家族に言ったら、どんな騒ぎになるかわかりません」

「それは大げさですね」

「いいえ、いいえ！　先日の大公さまの戴冠式のご様子は、感動いたしました！」

「ええっ？」

素っ頓狂な声を出したのは、唯央だ。しかしボーイは振り向きもしない。

「殿下の騎乗姿があまりにお美しくご立派で、涙が出たぐらいです」

騎乗姿と聞いて、あっ、と思った。

白い大礼服。白馬に乗った背筋の伸びた姿。肉屋の主人が公世子と呼んで心の底から賞賛していた人。

あの人。

あの時の人だ。

真っ白な大礼服姿が凛々しく毅然(きぜん)としていて、同じ人間とは思えなかった。

(あれが……、アルヴィ……)

衝撃が大きすぎたせいで、身体から力が抜けてしまった。

「それより殿下からお代を頂戴してしまい、申し訳ございませんでした。ウェイトレスが殿下と気づかず、カードをお預かりして決済をしてしまって」

「代金をお支払いするのは、当然のことです。サービスしていただだくと、肩が凝って味がわからなくなるでしょう。おいしくいただきました。ご馳走さま」

恐縮するボーイに、アルヴィは屈託ない笑顔を向けた。ボーイはますます頬を赤らめている。唯央は呆気に取られたままだ。

今まで一緒に食事をしていたアルヴィが公世子。あの白馬に乗った人。

愕然(がくぜん)とした。なんだか足元が揺れているみたい。どうして自分は、こんなにショックを受けているのだろう。

アルヴィが公世子だから？

それとも、あの白馬の騎士だったから？

自分と番になりたいと笑った人が、いきなり手が届かない、別世界の住人だとわかったから？　だから不安な気持ちになっているの？

(どうして今まで気づかなかったんだろう。確かに軍帽で顔が隠れていたし、店で見た時は小さなテレビで、顔なんか見えてなかったけど)

呆然としている唯央に構わず、二人の会話は続いていた。

「ありがとう。父も喜びます。国民のおかげで、式も滞りなく終了しました」

「もったいないお言葉です。ああ、殿下にお会いできるなんて夢みたいだ」

ボーイは興奮して、頬が真っ赤になっている。唯央はまったくの逆で、自分がどんどん青くなるのがわかった。

「アルヴィさま。お待たせいたしました」

その時、エアネストが店に戻った。言いつけ通り、車を寄せてくれたらしい。見れば同じようなスーツを着た屈強な男たちが、何人も店の戸口に並んでいる。

「唯央、どうぞ」

アルヴィは慣れた様子で唯央の背に軽く手を回し店を出ると、待ち構えている車へと誘った。運転手が後部座席のドアを開け、アルヴィとアウラ、そして唯央を待っている。その光景を見て、軽く貧血に襲われた。

「あ、あの。ぼくはここで失礼して、歩いて帰ります」

ポソッと呟くと、アルヴィは眉をひそめてしまった。

「何かご不快にさせてしまったでしょうか?」

「いえ。いえいえいえ。ただ、ぼく車に慣れていないもので」

「それでしたらご安心ください。運転手の腕は超一流です。羽に乗ったような心地でお宅までお送りいたしますよ」

誤魔化しは通用しないらしく、とても上品に微笑まれてしまった。

（そういうことを言っているんじゃなくて、このゴージャスな車に乗っているところを知り合いに見られたら、もうご近所中の噂になるんです！）

そう怒鳴ってしまえば話は早いのだが、厚意から送ってくれるのだ。文句を言うなんて無礼極まりない。

口ごもっていると、アウラが大きな瞳で見つめてくる。

「おに、ちゃ。アウラと、いっしょに、かえろ？」

キラキラの可愛い瞳に見つめられて、胸が苦しくなった。

「いや、あのね。ぼくは歩いて帰……」

「どうちて？　おに、ちゃ。アウラきらい？　きらいなの？」

見つめる瞳が潤む。これは泣く。絶対に泣く。

こんな子供を泣かせるなんて。いや、可愛いアウラが、自分のせいで泣くなんて。胸が痛む。苦しい。いてもたってもいられなくなる。

「嫌いなわけがないでしょうっ、ぼくはアウラが大好きだよっ！」

気づけば早口で叫んでいて、ハッとなる。アウラはわーい！　と、しがみついてくるし、アルヴィは口元を押さえて笑いを堪えている。

（しまっ……）


彼は唯央を車に乗せると、インターフォンで運転手に「出してくれ」と短く言った。

後悔、先立たず。結局、この優美な車で送られる羽目になった。

ゆったりとくつろぐアルヴィの姿は、自宅のソファに座っているように優美だ。

（運転手さんつきの高級車。公世子さまなら、こんな待遇も当たり前だろうけど、ぼくは離れたい。頼みますから徒歩で帰らせて……っ）

何かの冗談であってくれれば。いや、本当に頭がパニックを起こしそうだ。殿下と呼ばれ敬われる人が、どうして自分の目の前にいるんだ。

唯央はこの辺りで、グラグラして気持ちが悪くなる。

確かにアルヴィもアウラも、眉目秀麗なだけでなく、とても品がよい。出自がいいのは本当だろうし、本物の公世子と言われても納得できる。

納得いかない理由が思いつかないぐらいだ。

でも本物だというなら、どうして自分みたいなオメガ相手に、番になろうと宣（のたま）うのだ。おかしい。絶対におかしいじゃないか。

わけがわからない。いや、わかりたくない。

自分が置かれた立場を考えれば、それも致し方ないことだった。

□□□

ベルンシュタイン公国大公の息子であるアルヴィは次代の大公。公世子。殿下。肉屋の主人の心酔ぶりを見ても、国民からの人気が窺い知れる。

(……その殿下の車に乗って帰宅するオメガって、ありえないでしょう)

グラグラする頭で乗り込んだ黒塗りのリムジン。その後部座席はシートが向かい合わせになっていて、ご丁寧に毛皮のラグが敷きつめてある。

「どうぞ、おくつろぎください」

そう言われたが、こんな状況でくつろげる一般人がいるだろうか。

制服を着た上品な運転手がおり、エアネストは助手席に座っている。そして後部座席と仕切られたガラス。会話は全てインターフォンだ。

唯央も、そっちの席に座りたいと切実に思う。だが言い出せるはずがなかった。

「おに、ちゃ！　おに、ちゃはココ！　となり！　となり！　アウラのとなり！」

ちびっ子が自分の隣を、小さい手でパンパン叩く。現実離れしすぎた光景だ。

(子供って、ありとあらゆる垣根がないなぁ)

唯一の救いは、この無邪気な幼児が同乗していることだ。屈託のなさに感動する。公世子の子供だから、アウラの身分は公子。充分、殿上人だ。

唯央が隣に座ると、すぐに膝枕にされてしまったが、この子がいるだけで唯央の心はぐっと安らぎを覚える。

広い後部座席で、唯央とアルヴィは向かい合わせで座った。こんな配置も、生まれて初めてで緊張する。とことん庶民だから当然である。

「さっきボーイさんが言っていた大公殿下の戴冠式って……」

気の抜けた声で訊くと、彼はにこやかに言った。

「祖父である先のベルンシュタイン大公が崩御されて、父が大公を継承しました。その折、戴冠式のパレードがあったんです。彼は、それに来てくれたのでしょう」

やっぱり。……やっぱりだ。

あの白馬に跨っていた人は、アルヴィ本人に間違いなかった。

「白い馬に乗って先頭にいたのって、殿下ですよね」

「そうです。ですが、よく覚えていますね。あの時、軍帽を深めにかぶっていたから、顔なんて見えなかったでしょう」

顔なんか見えなくても関係ない。

あの時、馬上の青年に一瞬で心を奪われた。

颯爽（さっそう）とした勇壮な姿は、絶対に忘れられない。

誰の心にも突き刺さる、凛々しくも気品ある姿は今でも心に焼きついている。

「公世子さまなのに、どうして馬に乗っていたんですか。ほかの人は車で移動なのに」

心の中の葛藤が、零れ落ちそうだ。誤魔化すために、ありきたりの質問をした。彼は、そんなつまらない質問にも、丁寧に答えてくれた。

「着飾ってご婦人方と一緒に車で移動するのが、性に合わなかったからです。五年ばかり軍隊に所属していた経験があるので、これ幸いと騎乗しました。堅苦しい正装も場も苦手なので、馬に乗って誤魔化しました。苦肉の策です」

(誤魔化す？　誰よりも格好よくて誰よりも目立っていて、誤魔化すことなんてないのに)

サラッと言われたが軍隊に所属していたといっても、一兵卒ではあるまい。あの大礼服だけでも、上官クラスだろうと察しがつく。

「どうして公世子さまなのに、軍隊に入っていたんですか」

「ああ、ベルンシュタイン家の男は軍に入ることを、義務づけられているからです。たいてい二年で退役しますが、なんとなく居心地がよくて五年も長居してしまった」

「居心地がいい？」

「不自由ではありますが統率が取れた世界というのは、性に合っていたみたいです」

唯央が今まで縁のなかったことを、アルヴィは当たり前のように話す。こちらは聞いているだけで、パニックを起こしそうだ。

病院の中庭で出会った、迷子のお父さんが殿下。出来の悪い漫画みたいだ。

何より、なぜ彼は自分と番になりたいなどと言ったのだろう。

「どうして殿下がぼくなんかと番になりたいと思ったのか、わかりません」

ポツリと言うと、彼は少しだけ身体を前に寄せてきた。

「殿下でなく、今まで通りアルヴィと呼んでください」

「殿下とわかったのに、そんな失礼なことはできないです」

「一般の方が殿下と呼ぶのは、記号のようなものです。でも、あなたにそう呼ばれると淋しい。……いや、淋しいというより、悲しくなってきます」

見つめてくる金色の瞳は宝石みたいだ。見事な黒髪が、あの夜の黒豹を思い起こさせる。

「アルヴィ……」

催眠術にかかったみたいに、うっとりと呟いた。

彼の名前は素敵に可愛いお菓子のように、心の中を甘く蕩(とろ)かす。

「ありがとう。あなたの声で名を呼ばれるのは、とても心地いい。綺麗な海辺で爽やかな風に吹かれているような、そんな気持ちになります」

上品な優しい声は、唯央の心に沁み入るようだ。

「私が、なぜ唯央と番になりたいと思ったか言っていませんでしたね。東洋的な容姿に心を惹かれたのと、あなたの優しさです。強い運命を感じました」

「だから、優しいっていうのは誤解です」

「友達とは、どんな時も心の中に住んでいて、困っている時には話を聞いてくれるものだと、アウラに言っていたでしょう。……感動しました」

子供に言ったことを、そこまで深く受け取ったのか。思わず頬が赤くなる。

「番になりたいという話は本気ですよ」

誠実な眼差しで見つめられ、気恥ずかしくて俯いた。すると唯央の膝枕を堪能していたアウラが、突然ムクッと起き出して、スラスラと言い出した。

「いっしょお、そばにいられるわけ、じゃ、ないけど。どこにいても、どんな、ときも、こころ、のなかにすんで、て。こまって、るときは、ただ、はなしをきいて、くれる。それが、ともだちって、いうの。……のよ」

「アウラ、すっごい。レコーダーみたい！」

褒められたのが嬉しかったらしく、アウラはウフフと笑った。

しかし本当に驚いた。言葉は確かにたどたどしいけれど、唯央が言ったことを一言一句違わず復唱していた。

なぜ三歳ぐらいの子供に、こんなことができるのか。

「もしかして、これがアルファの能力ってことですか」

「たまに驚くような記憶力や才能を発揮しますね。私も子供の頃は、数式をベラベラ暗唱したらしいです。大人になればすっかり忘れて、ただの人ですが」

最後の言葉は嘘だろう。アルファがただの人ということはありえない。

その時。突然インターフォンからエアネストの声がした。

「おくつろぎのところ、失礼いたします。到着いたしました」

その声を聞いて顔を上げると、確かに自宅の前だ。

「送ってくださって、ありがとうございました。ここで失礼します」

ぺこりと頭を下げて、降りようとする。だがドアは外側から開いた。

すかさず運転手が先回りをして、開けてくれたのだ。エアネストはそばに立ち、先ほどの紙袋を捧げ持っている。

「どうぞ」

「ありがとうございます。嬉しいな」

屈託なく微笑むと、後部座席に座ったままのアルヴィが微笑んだ。

「あなたの笑顔、とても素敵ですね。ぱぁっと明るくなるし、心が晴々とする。唯央、また会ってもらえますか?」

大げさな言い方だと思ったが、そういうものはあるかもしれない。唯央は不思議に、すんなり受け入れられた。

「あ、機会があれば喜んで」

愛想よく言って、アウラと別れを惜しんでいると、一片のカードを手渡される。

「私の携帯です。何か困ったことがあったら、いつでもどうぞ」

アルヴィはそう言いながら、名刺の裏に番号を記し手渡してくれる。

「あ、ありがとうございます」

「困ったことがない時の電話は、さらに嬉しいですよ」

そう囁かれて、頰が赤くなる。それを誤魔化すように、えぅえぅ愚図っているアウラの隣にしゃがみ込み、濡れた頰にキスをする。可哀想なぐらい泣いていたからだ。

「いぉ、お、い、いぉ、おぉーん」

「アウラ、そんなに泣かないで。永(なが)の別れじゃないんだから。また来週に会おう」

そう言うと、ピタッと大粒の涙が止まった。

「ほんとぉ?」

「うん、本当。あ、さっきの指切りげんまんやろう。ハイ、指切りげーんまーん」

軽々と嘘をつく。針千本。飲むのも大変だろうが、調達するのも難儀だろう。

指切りが終わると、しゃがんでいた唯央の首にアウラはしがみついた。

「アウラと唯央、おともだ、ち。ね! ぜったい、ぜったい、また、あってね」

「うん。もちろんだよ。ぼくたち、友達だもん。約束だよ」

我ながら、嘘くさい。

オメガが公国の公世子たちと、気軽に連絡が取れるわけがない。

そうわかっていながら、こうやって懐かれるのは、すごく嬉しいと思う。

でも、もうアウラと会うこともないだろう。淋しいけど、仕方がない。

だって、ぼくオメガだもん。

「今日はありがとうございました。さようならー」

にこにこ笑いながら送ってくれた礼を言って、車が走り出すのを見送った。

高価な車は、夜の街の中へと消えていく。それが、淋しいと思うのは、自分でも妙だと思った。

(この数時間で、情が移ったのかな。でも、もう会うこともないけど)

肩を竦めて、家の門扉を開く。ちらりと庭を見てみたが、あの仔豹の姿はない。

(あの子、どこに行っちゃったのかなぁ。黒豹と一緒だろうけど、でも)

そこまで考えて、親豹と一緒にいるのだから、心配しても仕方ないと思った。

家の中に入ると、まずバスルームに入ってシャワーを浴びる。すぐに上がるとタオルで拭きながらリビングに戻り、テレビをつけた。

テレビでは『魅惑のジュエリー』という、女性向けの番組を放送している。

まったく宝飾品に興味がないので消そうとしたが、『ベルンシュタイン公国の秘宝』と銘打ったコーナーが始まった。思わず、リモコンを持つ手が止まる。

(これって、アルヴィも関係あるのかな)

もう会わないと心に決めていたのに、なぜ気になるのだろう。

「……ばかばかしい」

気にする理由を考えたくないから、小さく呟く。

画面を見たままソファに座って、濡れた髪をタオルで拭く。大きなアクビが出るのは、最近よく寝ていなかったせいだろう。

眠気を押し殺しながら、またテレビの画面を見る。

(ベルンシュタイン公室なんて興味なかったけど、実際に会っちゃうとなぁ)

しかも会っただけでなく、殿下から番になりましょうと言われたのだ。そして自分とは関係のない宝石の番組を見るとはなしに見ている。だけど。

『こちらのベルンシュタインの光と名づけられたダイヤモンドは、52カラット。世界に名高い、かのホープダイヤをしのぐ大きさと美しさを誇っております』

ホープダイヤ。子供の頃に、図書館で読んだことがある。呪いのダイヤだ。

「52カラットって、どれぐらいの大きさなんだろう。林檎(りんご)ぐらい?」

まったく現実感のない話だし、興味もない。世の人が、どうしてダイヤとかの宝石に熱狂して、信じられない値段を払うのか、それさえわからない。

インドで発掘された大きなダイヤ。所有した人が、ことごとく不幸になるという怖い宝石だ。幼かった唯央は怯えながらも、当時は興味津々で本をめくった記憶があった。

画面に、バカみたいに大きいダイヤが美しく映し出されている。

それを見た瞬間、唯央の目が見開かれた。

「え？」

どこかで見た形状。色と輝き。

いや。自分と宝石は、まったく繋がらない。母親だって持っている宝飾品は、亡き父に贈られた結婚指輪一つだ。

嫌な汗が首筋を流れた。冷や汗だ。ありえないことが起きると人間は言葉を失い、動けなくなると唯央は初めて知る。こんな高価なもの、知るはずがない。

それなのに、この既視感はなんだろう。どこでこんな宝物を見たというのだ。

『先日の戴冠式で、大公殿下を彩ったダイヤモンド。こちらは現在、王室の金庫にて厳重に保管されているため、私たちの目に触れることは叶いません』

「げ、厳重に保管されているよね。いるよね。いるよね！」

冷や汗を流しながら立ち上がり、キャビネットの上に置いていたトレイを手に取った。

『このダイヤモンドは世界的にも類を見ない、人類の宝です。とうてい値段がつけられるものではありませんが、推定価格はおよそ――――」

「な、な、なにそれ。うそ」

その天文学的な金額を聞いて、ソファから崩れ落ちて床に座り込んでしまった。

あの子。あの仔豹が身体に巻きつけていた、あの重たいネックレス。

そんな国の宝ともいうべき至宝を、あんな仔豹が巻きつけて民家の庭に転がっているなんて、絶対にありえない。

「嘘だよ。ハハハ。嘘うそ。だってコレ、フェイクだもん。オモチャだもん」

乾いた笑いを浮かべ呟いた唯央を嘲笑うかのように、テレビは進行していく。

『ベルンシュタインの光は、その名の通り紫外線を一定時間当てると、虹のような燐光を一分以上も発するそうです』

「りんこう？　なにソレ。そんなレーザービームみたいなの、このオモチャができるわけがないじゃない。うんうん、絶対ムリ。無理ムリ無理！」

焦りから、独り言が多く声が大きい。とにかく、これは別物だと証明したかった。

『宝石が燐光を発するのは、珍しい現象ではありません。ですが、一分以上も光り続けるのは極めて稀で、かのホープダイヤとベルンシュタインの光だけとされ……』

話が耳に入らない。流れる冷や汗は止まらず、こめかみから流れ、顎を伝う。

いや。いやいやいや。絶対にない。これがダイヤだなんて、そんな漫画みたいなバカな話が、絶対に現実にあるわけない。

これはフェイクでオモチャ。ただの石ころ。絶対に石ころ。誰がなんと言おうと、石ころ以外の何物でもない。ぜったいに。

「し、紫外線に当てたら、わかるわけでしょ。うん、紫外線ね。紫外……って、まだ夜じゃない。明るくないよ。光るわけがない！」

とっぷりと夜が更けた窓の外を見て絶望的になり、床に突っ伏した。

「……落ち着いて考えてみよう」

大きな声を出したせいか、かえって憑き物が落ちたみたいになる。

「だってさ。そんな宝物がウチにあるわけないよ。何をビクビクしているんだよ」

そもそも、おかしなことばかりだ。自宅の庭に動物がうずくまっていて、拾ってみたら仔豹で、びっくりしていたら親の黒豹が現れて。

「それで身体に巻きつけていたネックレスが、52カラットのベルンシュタインの光？　いろいろ無理だって。ないない。絶対ない。あー、バッカみたい」

そう笑いながら、汗でベッタリなことに気づく。さっきシャワーを済ませたのに。ちぇっと思いながら、また浴びることにした。

洗った髪にお湯を当てていると、それだけで気が落ち着く。くだらないことで驚いている自分が、情けなくなる。

「やっぱ、ぼく疲れてるんだ」

しょぼんと呟き、髪と身体を洗い直して部屋に戻る。テーブルの上には、先ほどのネックレスが出したままだった。

「夜が明けたらネックレスを朝日に当てる。そうすれば疑い晴れて、スッキリだ！」

そう言いながら、眠気が来ない。なんとなく自室に戻りそこね、リビングでウダウダしてしまう。心にまだ小さく、燻（くすぶ）っているものがあるからだ。

何時間も過ぎた頃、家の外で微（かす）かな音がし始める。新聞配達の音だ。唯央の家では節約のため新聞は取っていない。普段なら何気なく聞き逃す音だ。

でも今朝（けさ）ほど、この音が頼もしく感じたことはなかった。

「まだ暗いよね……。新聞配達の人は偉いな」

市場で仕事をする唯央自身、朝が早い。もうそろそろ支度をする時間だ。結局、一睡もできなかった。顔を洗っていると、窓の外がほの明るくなっている。

「朝日だ！」

慌てて顔をタオルで拭いて、リビングに戻った。ネックレスを持つと、急いで窓辺に寄ってカーテンを開く。早く済ませて、楽になりたい。

「……あれ？」

しばらく日にかざして戻ると、大きな石を持つ手が震えてくる。せっかく昨夜シャワーを二回も浴びたのに、嫌な汗がダラダラこめかみを伝う。

祈りは虚しく、太陽光に照らされた石ころは、キラキラと美しい虹色に輝いた。そして目を奪うような光は、ずっと消えない。

——消えない。

「うそ……」

震えがさらに大きくなる。ガタガタという言葉がぴったりな震えだ。

「うそぉおっ！」

叫んだ唯央の手には、人類の宝と称（たた）えられた輝く宝玉が、力なく握られていた。

5

「ご招待ありがとう。唯央のお宅に招いていただけるなんて、嬉しいです」

「急にお呼びたてしてすみません。どうしても相談したいことがあって」

「頼りにしてくれたから、電話をくださったのでしょう？　でも、私の都合で来るのが遅くなってすみませんでした。どうしても外せない来客や会食がありまして」

深夜に近い時間に来訪したアルヴィに頭を下げると、彼は穏やかに言った。

アウラと三人で食事をしたのは昨日だ。

でも一人で燦然（さんぜん）と輝くネックレスを見ているのは、もう耐えられなかったのだ。

この重圧に押しつぶされそうになった唯央は、震える手で彼へ電話してしまった。先日の別れ際に、もう二度と会うこともないと思ったのに。

唯央の電話に、アルヴィは家までやってきてくれた。

「い、忙しいのに出てきてくださって、感謝します」

「私たちは友人なのだから、他人行儀な物言いはやめましょう。急ぎで会いたいと電話で言われた時、唯央が甘えてくれたみたいで、私は嬉しかったです」

慌てて首を横に振る。衒（てら）いもない言葉に、赤面したのがバレたくなかった。

（この人、どうして恥ずかしいことを真正面から言えるんだろう。でも会えて嬉しいのは、ぼくも同じだ。今日の服も、すごく格好いい……）

礼儀正しく玄関に立つ彼は、きちんとスーツを着ていた。スーツといっても堅苦しいものではなく、いわゆるソフトスーツだ。

青銅色とでもいうのか、くすんだ青色のそれは、彼の肌に映えて似合っている。ちょっと見惚れそうになり、すぐにそれどころではないと気がつく。

（違う違う！　それどころじゃないったら！）

うっかりすると、目的が横道に逸れてしまいそうだ。自分を叱咤しつつ、リビングに案内しお茶を出した。彼は礼を言って口をつけ微笑んだ。

「おいしい」

「よかったです。安い茶葉しかないから、お口に合うか心配しちゃった」

「淹れ方がお上手です。とてもいい香りだ」

丁寧に褒められ、また頬が赤くなる。こんな状況でも、褒められると嬉しい。

「電話でおっしゃっていた相談とは、どんなことでしょう」

アルヴィはそう言うと、唯央をじっと見つめた。あの金色の瞳で。

吸い込まれそうになったが、唇を嚙みしめる。

「ありがとうございます。もうどうしていいのか、わからなくて」

涙声になってしまうのは、本気で困っているからだ。

唯央は自分も起こったことを整理するために、ゆっくりと話を始める。

「先日のことです。玄関先の庭に動物がうずくまっていて」

「動物？」

「大きさは猫ぐらいでした。でも猫じゃなくて、……黒豹の子供で」

「黒豹」

アルヴィは特に表情を変えることなく、唯央の言葉を復唱した。

「はい。どこから来たのかもわからないんです」

自分がとんでもない妄想話を披露している気がし始めて、唯央は取り繕うように言葉を継いだ。

「あの、でも……！」

「唯央、落ち着いて」

どう言っていいかわからなくなり俯いたら、ふいに頰に指先の感触がした。顔を上げると、アルヴィの指が頰に触れていた。

白く長い指先に触れられても、少しも嫌な感じはしない。

むしろ、――――むしろ、もっと触れてもらいたい。

そんなことを考えてしまったが、紳士的な彼は何事もなかったように手を引いてしまった。それが、ちょっと残念に感じた自分は、変なのかもしれない。

　唯央は信じてもらいたい一心で話を続けた。

「ぼくも信じられませんでした。豹なんてテレビでしか見たことがなかったし。でも、その子はケガをしていました。お腹から後ろ脚にかけて、チェーンが絡みついていたんです。だから家の中に連れて入って手当てをしました。でも」

「でも？」

　そう訊いてくるアルヴィの目が、静かに先を促してくる。やっぱり、嘘をついていると思われているかもしれない。

　でも、とにかく全てのことを話そう。そうでなければ、彼は自分の言うことなんか、頭から信じてくれるはずがないと思ったからだ。

「仔豹と、ここで寝てました。自室は蝶の標本があって、壊されたら困るって思って。そしたら、その夜、おかしなことが起こって。部屋の中に、……大きな黒豹がいたんです」

　アルヴィが唯央に視線を据えて一つ息を吸う。

「唯央、聞いてください」

　でも、本当に見たのだ。

「信じてもらえないのは承知しています。でも、本当に相談したいのはそのことじゃなくて、仔豹が身体に巻きつけていたものが、とんでもないものので」

「とんでもないもの？」

少し眉をひそめているが、けして声を荒らげたりしない。その対応に唯央は安心して、トレイの中に入れておいたネックレスを、彼の前に差し出した。

「こ、これです」

アルヴィはトレイを受け取ると、目を眇めた。

「あなたなら本物かどうか、わかると思って電話しました」

52カラット。国宝級のダイヤモンド。素人が真贋を見分けるのは不可能。

「警察に届けるべきと、わかっています。でも、出所を訊かれても言えないと思って。庭に仔豹が転がっていて、その子がダイヤを巻きつけていたなんて、誰が信じてくれますか。オメガが盗んだと言われるに決まってます」

彼はネックレスを取り出すと、唯央の目の高さまで持ち上げる。

蛍光灯の光の下でも、充分すぎるほど美しい。目が眩みそうだ。

「————確かにこれは、ベルンシュタインの光です。間違いありません」

その一言を聞いた瞬間、微かな希望は打ち砕かれた。地球と同じぐらい、暗くて重い絶望に襲われる。音にするならば、ドーンという破壊音だ。

もう自分は終わり。おしまい。目の前が真っ暗になる。身体から力が抜けた。

「唯央！」

遠くでアルヴィの声が聞こえる。唯央の意識は、そこで途切れた。

□□□
『唯央はおかしなことを言いますね。これは、ただのオモチャですよ』
アルヴィがそう言って、麗しく微笑んでくれる。アウラも一緒に笑っている。
オ、オモチャ？
『ええ。もちろん玩具です。人類の宝なんて、そんな大それたものじゃない』
昼の光の中、きらきらとテーブルに置いておいたネックレスが光っていた。
さっき深夜だったのに。いつの間に昼になったんだろう。
それに、いつアウラは来たんだ。さっきまで、アルヴィと二人きりだったのに。
そんなことを、ぼんやり考えていると楽しそうな声がした。
『本物のダイヤは、宮殿の奥深くの金庫に保管されています』
優しく笑われて、身体中が脱力してしまう。
そう。そうそう、玩具。自分はどうして、こんなものに振り回されていたのだろう。
『でも虹色に発光する石ですから、オメガなんかより価値があります』
え？

辛辣(しんらつ)な言葉を投げつけられて、硬直する。アルヴィは優雅に微笑んでいるだけだ。

『唯央、あなたより、ずっと貴重な宝玉です。あなたは52カラットのダイヤに勝てると思いますか？　自分に、そんな価値があると言えますか？』

『おに、ちゃ。ピカピカよ！』

そうだね、ピカピカだ。でもおかしい。これは玩具ではなかったか。

『あなたはベルンシュタインの光に勝てるわけがない。これは、あなたの命よりも尊い人類の宝です。あなたは、ただのオメガでしょう』

そこまで言われて、ああ、と納得してしまった。

うんうん。ぼくの命よりも重い、人類の宝。人間なんかより、ずっと価値がある。

でも、それはただの石。石だよ。人間より価値があるなんて、おかしくない？

……いや。おかしくないのかな。

だって、ぼくはオメガだもの。価値なんかないよ。価値なんか、ない。

「唯央、唯央」

もしかしたら黒豹も仔豹も、ぜんぶ夢だったのかもしれない。そうだ。夢。悪いことなんか起きるはずがない。だって夢なんだもの。

「唯央、しっかりしてください。頭を打っていなければいいが」

心配そうな声が聞こえる。今聞きたいのは、怖い夢を見ましたねの一言。可哀想にとアルヴィが言ってくれるのを待った。

だけど待っていたのに、そんな言葉は聞こえてこなかった。

「唯央、目が覚めましたか」

瞼を開こうと、床に転がっている自分。その身体を膝枕で支えてくれているアルヴィが目に入った。自宅のリビング。窓の外に見える漆黒の闇と少し欠けた月。

――夢なんかじゃなかった。

「……ぼくは気絶していたんですか？」

「気を失っていたのは十分ぐらいです。いきなり倒れたから、驚きました。どこか痛いところはありますか」

「いえ……。最近あまり寝ていなかったから、フラフラしただけです。大丈夫」

言い訳しながら、本当に眩暈がするのを誤魔化した。あのネックレスは本当に本物なのだ。

思わず両手で顔を覆う。もう自分は犯罪人だ。いくら言い訳をしても、誰も聞いてくれない。オメガなんかの言うことを、信じる人がいるわけがない。

「さっきの、あれは……、本物なんですよね」

「はい。ベルンシュタインの光と名づけられた宝石です。数日前、忽然(こつぜん)と消えました」

血の気がふたたび消え失(う)せる。死刑宣告って、こんな感じなのか。

もう逮捕されて、刑務所に行くことは決定した。脳裏を過るのは母の笑顔だ。

どうしよう。入院している母の面倒を、誰に頼んだらいいのだろう。

いいや。お母さんが知ったら、どんなに悲しむだろう。

きっと病気が重くなる。誰も面倒を見てくれないのに。どうしよう。どうしよう。大事に育ててもらったのに。オメガの息子なのに大切にしてくれたのに。

もう取り返しがつかない。

「唯央、泣かないで」

優しい声に顔を上げると、目の前に綺麗な人がいた。

「アルヴィ……」

もう彼にも嫌われてしまう。誰が泥棒を好きになるだろうか。しかも、ただの品物じゃない。国宝を盗んだオメガだ。

彼に疎まれると思った瞬間、身体中が総毛だった。

「盗んでいません」

反射的にそう口走り、彼の腕にすがりつく。

「ぼく盗んでいません。拾って保管はしていましたが、そんな価値のあるものだとは思わず、警察に届けたら疑われると思い込んでいたから」

「唯央、落ち着いて」

「信じてください。盗んでいません。盗んでいませんっ」

こんな言い訳が通用するのだろうか。涙を流しながらも、頭は冷静だった。もうこれは、完璧な窃盗だ。しかも相手が大公家のアルファ。

よくて投獄、悪くて死刑か。

失うものは、それだけじゃない。唯央に対するアルヴィの信頼も失せてしまうだろう。彼はこの話を聞いて、どう思っただろう。宝石を盗み出すオメガと、唯央を蔑んでいないはずがない。

嫌われる。この人は自分から離れてしまう。

こわい。怖くて顔が、上げられない。

番になってほしいと言われたけれど、拒んだ。戸惑った。でも。

……でも、本心は番にと求められて嬉しいと思った。

こんなみっともないオメガの自分でも、番にと言われて、ときめいていた。

自分は彼に軽蔑されると思うだけで、指先が冷たくなった。

もともと、そばに寄れる人じゃない。でも、それなのに番になってくれと望まれ、拒みながらも心の奥底で惹かれていた。

優しい笑顔。品のいい物腰。それだけじゃない。白馬に騎乗したあの姿を見た瞬間。絶望しかないこの世界に、こんな人がいるのかと目を奪われた。

……心を奪われた。

顔も知らないテレビの画面に映った別世界の人に惹かれていた。

あの時から、好きだったのかもしれない。

「ぼく、ぼくは、アルヴィのことが好き」

零れ落ちた言葉に、言われたほうも驚いているだろう。だが、もっと驚いているのは、言ったほうの唯央だった。

「もう、ぼくは終わりです。牢獄に入るでしょう。だから、だから最後に言わせてください。ぼくはアルヴィが好き」

自分でも、こんなにハッキリと意識したことはなかった。

ただ、アルヴィがいると鼓動が速くなったり、幸せな気持ちになったりしていた。だけど好きだと思ったことはあっただろうか。いや、なかったはずだ。

彼は選ばれた人と抱き合うべきなのだ。自分みたいなオメガは、出る幕がない。

それに、もう自分は終わり。

これから前科者として扱われる。きっと仕事も失う。人生は終わりだ。

「私が好きとは、本当ですか」

声をかけられ、はっとなる。隣にいたアルヴィは、真っすぐ唯央を見つめていた。ようやく自分が何を言ったか、頭に響き渡る。これでは罪を逃れたくてアルヴィに言い寄ってるみたいだ。

(ぼく、何を言ったんだろう。すき、好きって、何を血迷って……っ)

「ち、違うんです。ちょっと頭の中が混乱していて」

慌てて前言撤回をしようとしたが、彼に手を握りしめられてしまった。

「あなたは番になることを、拒んでいたでしょう」

「そ、そうです。ぼくには公世子の番なんて、本当に無理なんです。辞退します」

「でも、好きだと言ってくれた。私たちは両想いということになりますね」

「ま、待ってください。好きって、そういう意味の好きじゃあ」

「好きに意味なんて必要ありません」

強引に抱き竦められて、身体が震えた。

つねに紳士的だったアルヴィの押し強い態度に怯えが走る。

この期に及んで、まだ何事か言い訳をしようとした唯央は、身体が震えるのを感じた。

両手を開いてみると、手の平は細かい汗が浮いている。

(汗? どうして汗なんか)

そこまで考えた瞬間。ぐるっと目の前が揺らぐ。それと同時に、噎せ返るほどの甘ったるい匂いに包まれて、息が止まりそうになった。

「あ、ぁあ……」

立っていられなくて、手を伸ばし触れたものに、すがりつく。まるで溺れる人が、やみくもに近くにあるものに抱き着くように。

だけど唯央がすがりついたものは，アルヴィのスーツの裾だった。

「ヒートだ」

冷静な、だけど甘い声がした。

「いきなり来ましたね。凄まじい麝香の香りだ。大丈夫ですか」

優しい声に反応できなくて、何度も首を横に振る。その声は、うわぁんと反響して聞こえた。気持ちが悪くて冷や汗が出る。なのに、身体は熱かった。

「ど、……どうし、て。抑制剤、飲んで……るのに」

指先の震えが止まらない。身体が蕩け出しそうだ。

「大丈夫。落ち着いてください」

アルヴィはそう言うと携帯電話を取り出して、誰かと話を始めた。唯央は一人で放り出された気がして、頭がおかしくなりそうだ。

「電話して、すみませんでした。これから十日ぐらいは、ここにいるとエアネストに伝えたんです。さぁ、横になってください。苦しいでしょう」

電話を切った彼は、すぐに戻ってきた。

十日間、この家にいるとは、どういう意味だろう。その疑問は、すぐに解けた。

「あなたがヒートの間、私はこの家にいます。いいですね」

有無を言わせぬ口調だった。普段の彼ならば、使わない言葉だろう。そして唯央自身も、そんな提案を受け入れるはずがなかった。だが。

(熱い、あつい。身体が気持ち悪いぐらい敏感になっている)

(これが、これが発情)

(いやだ。こわい。こわい。発情なんて、ヒートなんて嫌だ)

(いやだ)

自分はヒートを迎えたくなかった。種を欲しがって腰をくねらせる獣になんか絶対に、絶対になりたくない。

そんな卑しい真似をするぐらいなら、死んだほうがマシだと、本気で思っていた。

だけど発情は、そんな生やさしいものじゃなかった。

身体だけではく、脳細胞が沸騰するような熱さ。これがヒートというものだった。

「大丈夫ですか。私に凭れかかってください」

ガクガク震えながら頷いて、寄り添ってくれる腕にしがみつく。そのとたん、彼の香りが鼻孔に満ちてクラクラした。

何かが頭の中で爆ぜる。次の瞬間、

「一緒、にいて、くれるの？　……うれしい」

今までの唯央だったら、ぜったい言わなかった言葉であり、甘い声だった。

「ええ。私はあなたの、番ですから」

そう囁く男の香りを、もう一度、深く吸い込む。

「ああ……。すごい、頭の中が、蕩けるみたい」

「蕩ける？　私の匂いで？」

服の上からだとわからない、逞しい胸に頬を寄せてクスクス笑った。

「うん、アルヴィ、すごくいい香り」

もう一度、深く吸い込むと、頭の中でぱちぱち火花が爆ぜる。先ほども感じた光だ。頭の中で、鈍く華やかに光る花火。

「大丈夫ですか。身体が震えている」

優しい声に囁かれて、ふふっと笑った。わけもなく、気持ちが高揚している。

「アルヴィの目は、あの子と同じ、あの金色の瞳と同じ」

そう言って彼の瞳を覗き込むと、眉をひそめられた。呆れているのだろう。

そう思うと、愉快になる。唯央は立ち上がると、スタスタと部屋を歩き始めた。

「どこへ行くのですか」

声をかけられ、振り返る。

「ぼくの部屋に、アルヴィに見せたい宝物があるんだ」

「宝物？」

「うん。蝶の標本。それがすごく綺麗なの」

いつもならば敬語で話しているのに、くだけた口調で返事をした。そしてアルヴィに向かって右手を差し出し、艶然(えんぜん)と微笑む。

「来て」

差し出された右手を摑むと、いきなり走って階段を上る。アルヴィが戸惑っているのがわかったが、走りたくて仕方がない。ものすごく爽快な気持ちだ。

「ここ！　ここがぼくの部屋！」

アウラみたいな幼い声を出すと、大きく扉を開く。明かりを灯(とも)すと、壁一面にかけてある蝶の標本が目に入る。宝石みたいに燐光を発するのが美しい。

「これはすごい」

驚きを隠せない彼に、誇らしげに言った。

「昔、お父さんが採ってくれた。自分で採集して、標本にするんだ。すごいよね」

「確かに、素人の手とは思えませんね。見事です」

「子供の頃は怖かった」

そう。昆虫採集するために、父は庭の片隅に小さな小屋を建てた。幼虫から育てて羽化するまで面倒を見る。そして羽が開いたところを標本にするのだ。

さっきまで小屋の中を飛んでいた綺麗な蝶が、薬を注入されて一瞬で死ぬ。それが可哀想で、見るのも嫌だった。

「死んだ蝶のお腹に、熱いお湯を注射器で入れると、張りが出て綺麗な形になる。それから針を使って、羽を丁寧に広げて固定していく。それが気持ち悪かった。でも」

「でも？」

「でも、こうやってケースに収められていると、生きているみたい」

そう言うとアルヴィを見据えて、甘い声で囁いた。

「ぼくは、アルヴィの標本になりたい」

「唯央……」

「あなたの大きな針で刺されたい」

そう言うと男の胸に頽れる。反射的に抱きしめられた。思わず笑みが浮かんだが、それを押し殺す。

「ぼくを、あなたの蝶にして」

その一言を聞いて、彼は狂おしげな眼差しで唯央を見据えた。そして次の瞬間、きつい力で抱き竦めてくる。ふたたび男の匂いが鼻孔に満ち、すごく高揚した。

「悪い子だ。これがヒートか。こんな手管で男を籠絡するなんて」

「手管なんかじゃない」

潤んだ瞳で見上げて囁いた。

「戴冠式のパレードで、白馬に乗っていたアルヴィを見た時、目が離せなくなった。もっと見ていたいと思った。ずっと――――、ずっと好きだった」

掠(かす)れた声で囁くと、あっという間に抱き上げられてベッドへ抱き込まれる。

「ずっと、あなたに触れたかった」

囁くように唯央が言うと、アルヴィは唇を塞(ふさ)いでくる。そのくちづけは深く、そして、ありえないほど濃厚だ。

「ん、んん……っ、あ、つい……」

唯央が溜息をつくと、口腔に進入した舌先が名残惜しそうに出ていった。

「まだ子供のオメガだから無理強いをするつもりは、ありませんでした。でもヒートが来たなら大人だ。いいですね?」

今さら念を押されて、おかしくなって笑いが零れる。

この人は、どこまでも誠実で優しい。でも今は、そんな誠実さは不要だった。

「アルヴィ……、抱いて」

囁く唯央の瞳は、甘やかに濡れている。

心の中のグラスからはミルクがあふれて、どうしようもなくなってしまった。

□□□

何度もくちづけをした。角度を変えて、深く淫らに。

かと思えば瞼や髪にキスをされる。大事な宝物を、大切に慈しむように。

ベッドに座ったアルヴィの腰に跨って座る唯央は、すでに一糸もまとっていない。対して彼は上着こそ脱いでいるものの、シャツもズボンも身に着けたままだ。

直に触れる布地の感触が、敏感になっている素肌を刺激する。

「ん、んん……」

「もう濡れてきている。まだ、キスしかしていないのに」

「意地悪を言わないで……」

自分の好きなように角度を変えて、アルヴィの唇を貪った。舌を絡ませると、いやらしい音がする。それが、ものすごく気持ちいい。

唇を貪ることをくり返しながら、唯央は別のことを考えていた。

(早く挿れてほしい。奥深くにアルヴィを受け入れたい。種が欲しい)

想像もしない、淫らな欲望。それがあふれ出て止まらない。そのせいでキスをくり返しながら、腰が淫らに蠢いていた。

「キスはもういい。だから、早く欲しい。早く」

「欲しいのは私ではなく、種でしょう？」

「種、種も欲しい。でも、それよりアルヴィが欲しい。欲しいよぅ……っ」

鳴き声を上げると、優しく頬にキスをされる。

かと思えば、額や瞼、目尻や鼻の頭に、音を立ててキス。子供みたいな可愛いふれあいに、ほっと息を吐く。

それを待ちかねていたように、また深くくちづけられた。

溺れているみたいな気持ちになって、必死で彼にしがみつく。そうすると、宥めるように背中を何度も撫でられた。

甘くて熱くて、蕩けそう。

信じられないぐらい気持ちがよくて、頭の中が沸騰しそうだった。

「好き、大好き。ねぇ、もっとして。いっぱいキスして」

そう囁くと、きつく抱き竦められる。

「なんて可愛いことを言うんだ。いつもの唯央なら恥ずかしがって、ぜったいに言わないだろう。ヒートのあなたは、格別だ」

陶然とした声で囁かれて、フフッと笑いが零れる。

「アルヴィの唇が、お菓子みたい。もっとちょうだい」

そう言うと、望みはすぐに叶えられる。それが嬉しくて微笑みが浮かぶ。

「可愛いことばかり言う。あなたは男を蕩けさせる天才だ」

そう囁きながらくちづけをくり返すアルヴィに、自分からキスをした。

「なんて目で私を見るんだ。唯央、私の唯央……っ」

官能を揺さぶる男の囁きに、身体中がぞくぞく震えた。

早くこの人と繋がりたい。抱かれて、うんと揺さぶられて、身体の奥に種を植えつけてほしい。あの戴冠式のように自分に跨って、乗りこなして。

貪欲な欲望は後から後から湧いて、両手の隙間から零れ落ちる。

普段の唯央は、こんな卑猥な妄想を抱いたりしない。だがヒートの波は、いつもの顔がかき消し、淫らな妄想で頭がいっぱいになってしまう。

「アルヴィ、早く。ねぇ、早く挿れて。いっぱいして。ぼくを、あなたの蝶にして」

熱く囁きながら、腰をくねらせた。理性が消え失せ、淫らな欲が湧き上がる。

「アルファは、首を噛むんでしょう。ぼく、アルヴィになら噛まれたいな」

真っ白な首筋を晒しながらそう訊くと、予想に反して彼は頭を振る。

「私は噛みません」

「……どうして？」

淫蕩な空気をかき消すような、生真面目な声で言われて、唯央も真摯な表情で彼を覗き込んだ。

「つまらない所有欲で、愛する人を傷つけたくない。あなたの首筋に私の噛み痕を残しても残さなくても、私たちが番であることに変わりはありません」

「アルヴィ……」

「もしも牙が逸れて、あなたの血管を裂いてしまったら。あなたの傷が深すぎたら。……万が一にも私の牙が、あなたの命を奪ったら。私はそれが、恐ろしい」

唯央はしばらく無言だったが、小首を傾げながら言った。

「じゃあ、ぼくがアルヴィを噛んじゃう」

「え？」

深刻な顔をしていた彼が顔を上げると、唯央はふふっと笑った。

「噛んでくれないなら、ぼくが、あなたを噛む。それで傷痕をつけちゃうの。この人は、ぼくの番だよって印をつけるよ」

ふふっと肩を竦めて笑うと、強い力で抱きしめられた。

「アルヴィ、怒った？」

そう訊くと彼は俯いたまま、黙って頭を振った。

「あなたは、素敵だ」

顔を上げたアルヴィは、晴々とした表情を浮かべていた。

「愛しています。私のオメガ。私の蝶。私の、私だけの唯央」

金色の瞳で見つめられて、背筋がゾクゾクする。思わず吐息が洩れてしまった。

彼は唯央の肌に触れると、その首筋に唇で触れた。

「こんなに美しい肌に傷をつけるなんて、野蛮なことです」

彼はそう言うと、唯央の唇にチュッと音を立ててくちづける。

そう言うと彼は膝の上に乗せたままの唯央を抱きしめ、唇を塞いだ。

□□□

「気持ちいい、アルヴィ、きもちいいよぅ……っ」

たくさんの蝶に見つめられながら、唯央は甘すぎる鳴き声を上げ続けた。

自分に覆いかぶさる彼は、シャツとズボンを着たままなのに、自分だけ一糸もまとっていない。かかえられた自分の爪先が、彼の肩越しに揺れている。

それが卑猥で、すごく淫靡で、おかしかった。

尻に擦りつけられる彼の性器は大きくて、そんなものを身体の奥に挿入されて悦んでいる自分が、信じられない。

初めての接合は、信じられないぐらい気持ちよかった。痛みや怯えを凌駕する興奮が、自分を揺さぶり続けたからだ。

アルヴィの性器は体格がいいから当然なのか、長大で逞しい。いつもの唯央ならば、見た瞬間に泣き出してしまっただろう。

だけど、ヒートになっているためか。嬉しくて仕方がない。

男のものを早く嵌(は)めて、たくさん種を出してほしかった。

「種をください。種を、ぼくの奥深くにいっぱい撒いて……っ」

露骨なことを言いながら、深々と大きな性器を飲み込んだ。痛みも恐怖もない。ただもう必死に揺すり上げ、快楽と種を絞り出そうとする。

「淫らな子だ。恥ずかしがり屋の唯央とは思えない。そんなに種が欲しいですか」

「ほ、欲しい。いっぱい出して。アルヴィのぜんぶ出してぇ……っ」

「発情したオメガは、すごいですね」

静かな声で言われたが、恥辱など起きない。むしろ濡れた瞳で、男を見た。

「もっと、もっと抉(えぐ)って……、いっぱい出して」

甘ったれた声が出る。挿入された性器が、濡れた音を立てて自分を凌辱(りようじよく)している。喘(あえ)いでいる唯央の額に、瞼に、唇に、何度もくちづけがされた。

「あなたの瞳は、甘いだろうな」

そう囁くとアルヴィは唯央の涙を吸い取り、舌先で瞼をこじ開けた。

唇に擦りつける。

「あぁぁ……っ」

突然の刺激に、我慢ができなかった。唯央は自分の腹に飛び散った白濁を指ですくうと

「ひぁ……っ」

熱い舌が眼球を這う。ぞくぞくする刺激に、あっという間に射精してしまった。

「ふふ……っ、舐めたい？」

艶めかしい声で囁くと、はっきりとした声が答えた。

「もちろん。ぜんぶ舐めさせてください」

その一言を聞いた瞬間、身体の奥がとろりと溶けた。

「唯央、身体を起こして」

いきなり言われて瞠目していると、あっという間に抱き起こされた。アルヴィの性器は

挿入されたままだ。唇から甲高い声が出る。

「あぁあっ」

「我慢しなさい。もっと奥深くまで、種をあげよう。欲しいでしょう？」

普段の優しい彼とは思えないほど、冷酷なことを言われた。だけど、それがものすごく

よかった。身体中で感じた。

「はい……、は、い……」

仰向けになったアルヴィの腰に跨った格好で、深々と貫かれる。

「い、いい……、ふかくて、すご、い……っ」

「気持ちいいでしょう。これから身体の奥に、たくさん種を出します。ぜんぶ飲み干してください。零したら承知しません」

傲慢な囁きを聞いても、怒りは湧かない。むしろ尊大な言葉使いをされただけで、身体の奥が熱くなってくる。

両手を繋いだ格好で、唯央は深々と突き刺さる性器を受け入れていた。ジンジンする鈍痛さえも、気持ちがよくてたまらない。

「あはぁ……っ。すご、い。おく、奥に来て、るぅ……」

小刻みに身体を揺らすと、大きなものが体内を抉る。すると今まで経験したことがない感覚が立ち上って、頭の奥が痺(しび)れていく。

その快感のために、唇の端から唾液が垂れている。だけど、それを気にかけることもなく、ただ腰を揺すり続けた。

オメガ。これがオメガ。

尊厳も恥辱も消え失せて快楽を欲しがる、ただの化け物。

「ああ、ああ、気持ちい、い。すごい、すごいぃぃぃ……っ」

自分のものではない嬌声(きょうせい)を聞きながら、唯央は呆けたように腰を動かした。

「唯央、もういくよ。中で受け止めなさい」

唐突に言われて、身体を止めた。この悦楽が終わってしまうなんて嫌だからだ。

「やぁ、だ……っ。もっとする。もっとする、の！」

駄々っ子のような声に、アルヴィは苦笑を浮かべた。

「大丈夫。一晩中でも可愛がってあげよう。だけど、一回出させて。そうしないと、続けてできない」

とろりとした目でアルヴィを見ると、ふふっと笑った。小悪魔のような笑みだ。

「じゃあ、出して……。でも、あとで、いっぱいしてね」

「約束しましょう」

二人は約束をした印のように、ちゅっと可愛いキスをした。だがすぐに深く貪り合う淫らなくちづけに変わっていく。

「んんぅ……っ」

アルヴィの舌先が唇を割り、いやらしく口腔内に忍び込む。そして上顎をしつこいぐらい舐めた。いつもの貴公子然とした彼からは、想像もつかない淫らさだ。

ようやく唇が外れると、息を乱した唯央が顎を反らして溜息をついた。身体の奥には蹂躙をやめない、甘い凶器が突き刺さったままだ。

「これ、ほしい。もっと、もっとしてぇ」

仔猫が駄々をこねているみたいな声でねだると、アルヴィは寛容に微笑んだ。

彼は半身を起こして、唯央を抱きかかえたままベッドに座り込む。そうされると、さらに突き上げが深くなり嬌声が上がった。

「あぁ、ふか、い。深い……っ」

抱き込まれると性器がさらに奥まで潜り込んでくる。たまらなかった。

「深いのがいいでしょう。さぁ、射精しますよ。奥深くに命中するでしょうね。私の子供を孕んでください。最高に可愛い赤ん坊を」

そう囁かれて、頽れるように力が抜けた。

(赤ちゃん、……アルヴィとの赤ちゃん。ああ、きっと可愛い。アウラみたいな天使が生まれる。ぼくの赤ちゃん……っ)

「して、射精してください。いっぱい出して。奥の奥まで、もっと、もっと……」

溶けた瞳の奥には、もう何も見えていない。

唯央に見えているのは優しく微笑むアルヴィの姿と、きらきら輝く世界。

そしてまだ見たことがない、可愛い赤ちゃんの姿だけだった。

6

なんだか、すごく長い夢を見ていた気がする。

ぽっかりと瞼を開いた唯央は、ぼんやりと天井を見ていた。部屋の中は無人だ。

「う、……いたた……っ」

身体を起こすと、ありえないぐらいギシギシする。ベッドに座ると、ぐらんぐらん眩暈がした。自分に何が起こっているのだろう。

「アルヴィと話をして、……どうして、ぼくの部屋で寝ているの。……って、なんでぼく、素っ裸なのっ⁉」

慌てて起きようとしたが身体中から力が抜け、そのままベッドに倒れてしまった。その瞬間、ぬるりと何かが、身体の奥から洩れる感覚がした。

「えっ、な、なに？」

脚の間から、何かが流れ出る不快感。見ればシーツが濡れていた。

「どうして、や、やだ……っ」

まるで粗相をしてしまったみたいだ。飛び起きて、すぐにでも汚れたシーツを剝がして洗いたい。シャワーも浴びたい。だけど、身体は鉛のように重く鈍い。

何が起こったのだろう。

全裸で寝る習慣などない。しかし、身には何もまとっていなかった。部屋の中を見回しても、様子は何も変わっていない。

——アルヴィはどうしたのだろう。

記憶が途切れ途切れにしか残っていなくて、怖くなってくる。

テレビでベルンシュタインの光の話が出ていたのを見て、翌日、怖くなって彼に連絡した。そうしたらアルヴィはすぐに家に来てくれた。

そう。家に迎えてお茶を出したら彼は、おいしいって言ってくれて。それから。……それからどうしたのか。自分は何を言ったのか。彼は何を話したのか。

「アルヴィ、アルヴィ……っ」

子供みたいな声が出た。涙が浮かび、すぐに頬を伝ってシーツに落ちる。どうしてこんなに不安なのか。どうしてこんなに怖いのか。

不安が募ったその時。扉が開き、その彼が顔を出した。大きなトレイを手にしている。上にはなぜか洗面器。それに大きなポットが乗っていた。

「唯央、目が覚めましたか」

目が合った瞬間、大きな歩幅でこちらに近づき、トレイを机の上に置く。そして、両手で唯央の頬を包み込む。

「どうして泣いているの」

「え……」

「どこか痛い？　それとも、何かおかしなことがあった？」

甘ったるい言葉遣いに、何度も瞬(まばた)きをくり返す。今まで敬語を崩すことがなかった人の、この親密な感じに戸惑った。

「あ、あの……？」

彼はシーツの汚れに気づいたようで、すぐにポットから洗面器にお湯を注ぎ、持っていたタオルを絞った。

「ちょっとだけ失礼するよ。シャワーを浴びるにしても、この状態ではバスルームまで歩けない。先に身体を拭こうか」

そう言うと絞ったタオルで、唯央の太腿から拭き始める。

「身体を拭くって、そんな、ひゃ……っ」

「いい子だから、少し我慢をして。すぐに終わるよ」

手際よく両腿を拭き終わると、またタオルを絞る。そして今度は臀部(でんぶ)へと当てられた。

さすがにこれは、身体が引ける。

「うわ、うわ、うわ！　ま、待って、待ってください」

「大丈夫。中に入っていたのは、起き上がった拍子に流れてしまったみたいだ」

先ほど、シーツを汚してしまったことを思い出して、顔が真っ赤になった。

「お尻の間を、ちょっと拭けば綺麗になりますよ」

貧血を起こして倒れて死にそう。それぐらい恥ずかしいことを言われて、顔が真っ赤から真っ青になった。

「とにかくっ！　とにかく、もう拭かないで大丈夫ですっ」

「しかし」

「これ以上まだ拭くなら、ぼくは死にますっ！」

キーッとばかりに大きな声を出すと、大きな声で笑われてしまった。

「どうして笑うんですか。ぼくは」

「あなたは、本当に楽しい。一緒にいられて幸福だ。おはよう。私の眠り姫」

そう言うと彼は、唯央を抱きしめた。

「起きて、一人だったから驚いたんだね。まるで赤ちゃんだ」

「いえ、あの、どうしてぼくは裸で寝ていたんでしょうか」

そう言うとアルヴィの表情は固まった。彼は目を眇め、ほんの少し首を傾げる。そして唯央の指先にキスをした。

「覚えていないのですか。私たちが番になったことを」

口調がいつもと同じになる。安堵する気持ちと、淋しい気持ちが交差した。

「あなたはヒートを迎えました。私は光栄にも番の相手として、選んでいただいた。これでもう、私たちは一生添い遂げることとなります」

そう言われて、記憶の断片が繋がり始める。

この部屋の狭いベッドでアルヴィに抱きしめられたこと。甘えた声で彼を誘ったこと。噎せ返るような麝香の香り。大きく開いた自分の足先が、アルヴィの肩越しに揺れていたこと。

思い出した。……思い出した。

「ぼくは……、ぼくはヒートに」

「そうです。思い出してきましたか」

頭をかかえるようにして、自分の手の平に顔を埋(うず)める。浅ましい格好がフラッシュバックのように、よみがえってくる。

正真正銘の、オメガになってしまった。

もう子供を産みたくないなどと、戯言は言えない。

「あ……っ」

また身体の奥から、何かが流れ出る感覚がする。

たった今、タオルで拭われたばかりなのに。羞恥(しゅうち)で真っ赤になりながら脚を固く閉じてやり過ごそうとした。

だが、目ざとい彼の目を誤魔化すことはできず、すぐに見つかってしまう。

「やはり、拭き取るだけでは無理でしたね。バスルームを使いましょうか」

さっきみたいに拭くと言うのかと思った。だけど、毛布で唯央の身体を包み込むと、あっという間に抱き上げてしまった。

「わぁっ」

「失礼。少し我慢をしていてください」

彼はそう言うと唯央を抱っこしているのに、軽々と部屋から出て一階のバスルームへと向かう。この家の構造を、熟知しているのだ。

「あの、どうしてバスルームの場所が、わかるんですか」

「すみません。唯央が意識を失っている間、何回か使わせてもらいました」

そう言われて、アルヴィの服が違うことに気づく。気を失う前は確か、青銅色のソフトスーツを着ていた。いったい、いつ着替えたのだろう。

「十日も滞在していると、どうしてもシャワーを浴びたくなって」

バスルームを使ったことでなく、十日も滞在という一言に驚いた。

「十日？　アルヴィが来てから、もう十日も経ったんですか？」

「はい。今日でちょうど、十日目です」

十日。いったい十日間、どうして自分は記憶がないのだろう。

混乱している間に、彼はバスルームに入ると浴槽の中に唯央の身体を下ろした。そしてシャワーの温度を確認し、足先からそっと濡らしていく。

「熱くありませんか?」

「だ、大丈夫、です」

彼は頷くと浴槽のお湯も一緒に入れていく。そうされて初めて、身体が冷えていたことを知った。温かいお湯に触れるのが、心地よい。

「身体を洗ってあげたいですが、私に触れられるのは嫌でしょうか」

「自分で洗えます。人に身体を洗ってもらうなんて、そんな」

「いえ。たくさん唯央の中に出してしまったから、それを洗い流したいんです」

何を言われたのかわからず、アルヴィの顔を見る。そしてすぐ真っ赤になった。

(出した、出したって……っ! こんな優美な顔で、何を言い出しているの!)

貴公子然とした美貌と、立ち居振る舞い。何より唯央の心に焼きついて離れない、戴冠式での精悍な姿。その彼の露骨な言葉を聞いて、こっちが慌ててしまった。

「ぼく、自分でやります。やりますから、出ていってもらえますか」

必死の思いで言っても、アルヴィは頑として譲らなかった。

「いけません。やり方が悪いと、体調を崩すといいますから」

つい今し方、嫌でしょうかと訊いてくれたのに、今度はいけないと言う。これは、どういうことなのか。そう思った瞬間、彼が面白がっていると気づいた。

「い、いいえ！　オメガは、そういうの大丈夫です。大丈夫ですから！」

そう言いながら、何が大丈夫なんだと自分でも思った。しかしアルヴィは違う。

「オメガであろうと、なかろうと。とにかく、自分ではできません」

そう言うと、着ていたシャツの袖を捲った。

「ヒートは長く続きます。あなたも、ずっと発情していました。洗浄するのも、それをアルファが手伝うのも当然です」

今さらながら、愕然とする。

十日もの間、発情し続けた自分。そのそばにいた番のアルヴィ。痛む身体。最奥からあふれ出た液体。蕩けそうな瞳で見つめる彼。すなわち。

アルヴィと番になった。たくさん種を撒かれた。

そういうことだ。

涙が零れたが、慌ててお湯で顔を拭った。涙はこれで誤魔化せる。誤魔化せないのは、体内に残された彼の精液と、番になることを拒んでいた唯央の心。こころだけ。

「精液を出しちゃったら、子供ってできないんじゃないかな」

はっきりした声で露骨なことを尋ねると、さすがにアルヴィも口ごもる。

「それは問題ありません」

いきなり扉の向こうから返事がして驚いた。エアネストの声だ。

「受精が成功している場合、すでに唯央さまの体内で完了しているはず。今残っているのは、ただの体液です」

なぜエアネストが、家の中にいるのだろう。しかも、この剝き出しな言いよう。

戸惑っているのを察したアルヴィが、すまなさそうに謝ってくる。

「十日間、家の中から出られなかったので、彼に食品や生活品を届けてもらっていたのです。エアネスト、向こうに行っていてくれ」

「失礼いたしました。タオルとバスローブをこちらに置いておきます」

どうやら主人がバスルームに入ったから、タオルを持ってきたらしい。だが、こんな場だというのに口出しするのには呆れた。

「……すごい忠誠心ですね」

「気分を悪くさせて、すみません。実は私の乳母は彼の母親で、エアネストと私は乳兄弟です。だから、つい遠慮がない言い方をしてしまいます。ごめんなさい」

アルヴィが謝ることではないと思いつつ、聞き慣れない言葉が引っかかった。

「乳兄弟って、赤ちゃんたちが一人のお母さんからミルクを貰うこと?」

「そのようなものです。今どき、珍しいでしょう」

「珍しいっていうか……、そんなの映画の中の話だと思っていました」

「中世の王侯貴族は、初夜も公開されています。閨のことから子育てまで、私たちの生活には全て使用人がかかわっていました。その名残みたいなものです。慣れない方には奇異に映るでしょう」

公世子には、プライバシーがないのか。そう言い返したくなったが、実際ひどい目に遭っているのは唯央でなく、アルヴィなのだ。

「もういいです……」

気づくと浴槽の縁までお湯が溜まっていた。しかしアルヴィは出ていかない。やっぱり恥ずかしいと言おうとした、その時。

頭の奥で火花が光った。

え？　と思った瞬間、目の前がぐるりと回り、お湯の中に倒れ込みそうになる。浴槽の縁に手をかけて、なんとか身体を支えた。

(アルヴィ、アルヴィ、もっと。もっと、いっぱいして)

乱れた声が響く。聞いているのが恥ずかしくなる甘ったるい声音。これは。

——これは自分の声、だ。

男を欲しがり身悶えする淫らな怪物は、唯央本人だった。

(いっぱい出して。奥の奥まで、もっと、もっと)

(気持ちいい、アルヴィ、きもちいいよぅ……っ)

(種をください。種を、ぼくの奥深くに……っ)

この十日間の記憶がよみがえり、血の気が引く。

アルヴィの甘やかな眼差しと、独占欲にも似た感情の起伏。それらの意味が、ようやくわかった。自分はずっと、彼と身体を繋いできたのだ。

大きな背中にすがりついているのは、自分。唇の端から涎を垂らして、気持ちいいと泣いているのは自分。オメガでもヒートを迎えたくないと、必死で抑制剤を飲んでいた自分。自分。自分。自分……。

「唯央、どうしたんですか。真っ青になっていますよ。一度、上がりましょうか」

気づくと美しい瞳が心配そうに唯央を見つめている。

彼は蛇口を捻って、お湯を止めた。先ほどまでの強引さが、嘘みたいだ。

「どうして……」

「無理強いしたくないです」

この優しい言葉を聞いてしまったら、言い返すこともできなかった。

だけど、こんなに気遣いをしてもらっているのに、心の中は言いようのない惨めさが満ちていた。

そう。心の中のグラスが、またミルクでいっぱいになる。表面までミルクが注がれて、もう、あふれてしまうだろう。

これがオメガ。自分も、獣みたいに男を欲しがるオメガになってしまった。じゃあ、今さら羞恥を覚えているほうが、バカみたいじゃないか。

「ぼく、大丈夫です」

でも唇から零れたのは、精いっぱいの強がり。虚勢。見栄っぱり。

どれでもいい。どれでもよかった。だって、ぜんぶ嘘だもの。

「洗ってください。お願いします。……洗って」

アルヴィは片方の眉を上げ、何かを言いたげだったが。だが、すぐに唯央の望みを叶えてくれる。

どれほど強がっても、惨めな思いだけは消えない。

自分はもう彼と番になった。どんなことも受け入れなくてはならない。

そう、どんなことでも。

□□□

ヒートが終わって、なんとか日常の生活にも戻れた。

だけど唯央は、身も心も疲れていた。

でもありがたかったことがあった。アルヴィはエアネストに命じて、唯央のバイト先に連絡してくれていたのだ。驚いたことに、母の美咲のところにも使いをやり、アルバイトの関係で、しばらく見舞いに行けないと伝えてくれていた。

（おかげで助かったな。バイトもクビにならずに済んだし、十日以上もお見舞いに行かなかったけど、なんとか言い訳ができていた）

しばらく出勤できないことを、全ての雇い主に伝えてくれたおかげで、無断欠勤扱いにならず、仕事を失わなくて済んだ。

（病床のお母さんに、少しでも気がかりになるようなことは禁句だもん）

仕事や母親のことを気にしてくれるアルヴィの采配に感服する。

（お坊ちゃん育ちの公世子さまは、そんな些末なことは気にもしないと思っていた）

小さなことではあるが、仕事を失ったら生きていく術を失う。それだけは絶対に避けなくてはならない。

それにベルンシュタインの光は、まだ唯央の家に置いてある。どうしてかアルヴィは、持っていってくれなかったのだ。

「どうしたらいいのかなー……。あ、また愚痴が出ちゃった。だめだめ！」

気づくと溜息をついていて、自分でも嫌になってしまう。気を引き締めるために、頬を両手でパンパン叩いた。

だが、頬がヒリヒリするばかりで、また同じようなことを考え込んでいた。

あの夜。あの発情の瞬間。

自分でもありえないほどの欲望に突き動かされて、信じられないぐらい情欲に溺れた。

ヒートの話を伝え聞いてはいたけれど。

フラッシュバックのように、ヒートの記憶がよみがえると、もう何も手につかない。あれほど獣になるなんて思わなかった。

「あれじゃあ、オメガが嫌がられるわけだね」

番が決まっていないオメガは、情欲のまま男を誘い込む。

それこそ、誰かれかまわずに。

しかも、既婚未婚も問わずに誘惑しようとするのだから、忌まわしい存在だ。

唯央がベータだったら、オメガなんて気持ち悪いと思う。自分のパートナーを誘った時点で、警察を呼びたいと思うかもしれない。

ゾッとする。自分がそんな生き物になってしまったことが、悔やまれてならない。

「抑制剤は、なんの意味もないんだな……」

ボトルに入った青銅色の錠剤を見て、溜息をつく。

「でも番ができたってことは、ぼくはもうヒートに怯えなくてもいいんだよね」

番ができたオメガは、パートナーにしか発情しなくなる。

相手が死ぬまで番であり、ほかのアルファやベータと関係を持つことは、生涯ありえない。

自分はアルヴィと番になり、彼の子を宿す運命になったのだ。

思わず考え込んでしまってから、ハッとなる。今はそれどころじゃなかった。

「もう、それどころじゃない。休んだお詫(わ)びをしに行かなきゃ！」

慌てて出かける準備をして家を出た。

無断ではないにせよ、十日以上も欠勤したのだ。覚悟を決めて市場へ行き、商店を回って店主たちに頭を下げまくった。平謝りだ。だがエアネストが市場にも休む理由を伝えてくれたから、話がスムーズだ。

そして予想に反して、皆一様に寛容だった。

「ボウズ、ヒートだったんだって？　もう治まったのか。よかったな」

「は、はい。ありがとうございます」

「コレ持っていきな。美味い魚だから、夕飯に食うといいよ」

「ヒートは、しょうがねぇよ。ありゃ大変だって聞いたことがある。イオはいつも真面目だし、頑張ってくれているからな」

聞き間違いかと思ったが、次々とかけられるのは唯央への労(いた)わりの言葉だ。

オメガが承認されている国は、ヒートで休む権利が認められている。ベルンシュタイン公国では、新しい大公になって、すぐ制定されたのだ。

(な、なんか調子狂う……)

信じられないほど寛容な言葉に、顔を真っ赤にして頭を下げまくった。

「おっ、久しぶりだな。細っこいのがいないと、不思議と物足りなかったぜ」

戸惑っていると、ガハハと笑われた。

「鳩が豆鉄砲を食らったような顔をして。俺の顔に、なんかついてるか」

「あの、ヒートとはいえ長く休んじゃったのに、皆さんが優しくて、だから」

「なんだよ。優しくされたから、驚いているのか」

「いえ。あの、……はい」

遠慮がちに頷くと、男はガリガリ髪を掻く。

「まぁな。オメガに対して風当たりが強かったのは謝るよ。悪かった」

信じられない言葉に、今度こそ硬直してしまった。男は肩を竦める。

「新しい大公殿下になる前から、オメガを保護する動きが出てきたんだ。アルヴィ公世子が、地道に働きかけていてさ。それが浸透してきたんだよ」

突然アルヴィの名が出てきて、びっくりしてしまった。

「どうしてアルヴィさまが、オメガを保護する働きかけをしているんですか」

「さあねぇ。ただ、俺みたいに学がなくても、前からオメガ苛めは気分悪かったよ。オメガだって、望んでヒートになるわけじゃないしなぁ」

そう言うと男は仕事に戻るために、唯央から離れていく。その後ろ姿を見ながら、いろいろな思いが過っていった。

オメガを擁護するなんて、信じられない言葉だ。

オメガはヒートが起こると、男を誘惑するために変な臭いを垂れ流す。他人の夫や恋人であろうとお構いなしだ。それで仕事を休む。役に立たない。だから嫌われる。

自分はオメガだから、人に受け入れられないと思っていた。だけど世間の流れは、オメガを保護する方向に向かっていたのだ。

そんなふうにオメガが守ってもらえるなんて。

当事者でありながら、社会とかかわりを断つような暮らしをしてきた唯央にとっては、革命的な出来事だった。

しかもそれは、アルヴィが働きかけてくれていたからだなんて。新しい大公になる前からということは、唯央と知り合う前からだ。

そんなに前から、オメガのために動いてくれていたのだ。

自分は当事者であるオメガなのに。もしかすると、社会に拒まれていたのではなく、自分が社会を拒んでいたのか。

そんなことを考えながら帰宅すると、庭にあの仔豹がいるのを見つけた。

「ちび！」

名を呼ぶと、仔豹はスキップするように足元に寄ってくる。手を差し出しても嫌がらないので頭を撫でた。

「心配したんだよ。脚はもう痛くない？」

「はい」

話しかけると答えが返ってきたので、ビックリして大きな声が出る。

「えぇっ!?」

どうして仔豹が返事をするんだと思ったら、塀からアルヴィが顔を出していた。

「び、び、びっくりした……っ」

「すみません。驚かすつもりはなかったのですが」

彼は笑いながらこちらに寄ってきて、仔豹の頭を撫でる。ちびっ子はゴロゴロ言い始め、アルヴィの手に擦り寄っている。

この慣れた様子を見て驚いた。仔豹も威嚇もしないし、とても懐いているように見える。どういうことなのだろう。

「アルヴィは、この子のこと知っているんですか」

彼は何も言わなかった。違和感を覚える。この珍しい仔豹を、なぜこの人が知っているのだろう。

　唯央が戸惑っていると、悪戯(いたずら)が見つかった子供のような瞳で見つめてくる。

「この子が教えてくれました。ああ、それより今日は唯央に話があって、お伺いしました。今、お時間をいいですか」

「え、ええ……」

　取りあえず家の中へ案内しようとすると、彼は仔豹をヒョイッと抱き上げた。

「この子も一緒にお邪魔して、いいですか」

「えっ」

「不躾なことを言って、すみません。でも先日はこの子にミルクをくださったのですよね。すごくおいしかったと大喜びでした」

　確かに仔豹を家の中に入れたし、ミルクもあげた。

　先日のヒートの時にエアネストが何度も出入りをして、冷蔵庫を満杯にしていってくれたおかげで、今回もミルクがちゃんとある。

「どうしてぼくが、この子にミルクをあげたことを知っているんですか」

　誰にも言っていないことなのに、なぜ彼が知っているのだろう。不信感が顔に出ていたらしく、アルヴィは屈託のない笑顔を浮かべた。

「驚かせて、すみません。先日この子が帰ってきた時、お腹がポンポンで、口元がミルクで固まっていたんです。だからミルクをくださったのだと、推理してみました」

「この子は、もしかして公宮殿で飼われている子ですか？」

そう言うと、彼は目元を細めるようにして笑う。

「ええ、まぁ」

その一言で、ようやく合点がいった。黒豹の子供なんて珍しすぎる動物だけど、公宮殿で飼育されているなら不思議はない。

「……どうして黒豹の話をした時に、教えてくれなかったんですか！」

唯央がそう言うと、アルヴィは困ったような顔になる。

「言おうとしましたが、あの時ヒートが起こって、話どころじゃなくなったでしょう」

言われてみればその通りなので、ぐうの音も出なくなった。

大公殿下はエキゾチックアニマルなどが好きだという話を、聞いたことがあった。黒豹も、大公のコレクションの一つだったのだ。

「大公のペットだったんですね。黒豹って初めて見たから、びっくりしました！」

そう言って笑顔を浮かべると、アルヴィはそっと手を差しのべてくる。そして、唯央の頬に触れた。とても優しい手つきだ。

「あの？」

「失礼。無邪気で晴れやかな笑顔だと、見惚れました」

「無邪気って、バカみたいって意味ですか」

「……。ははは っ。本当に面白い。今日はぜひとも、先日の話の続きがしたかったのに。出鼻を挫(くじ)かれた気持ちです」

「先日の話？」

「ええ。先日の、番の話です」

　いきなり言われて、笑顔が固まってしまった。

「番になってから言うべきことじゃないけど、アルヴィみたいな立場の方が、どうしてぼくみたいな貧しいオメガに執着するのか、わからないです」

　そう言い募ると、ぷっと笑われた。

「……なんで笑うんですか」

「いえ。いろいろ微笑ましいと思いまして。あなたは、まだ子供なんですね」

　いきなり子供扱いされたが、確かに彼から見たら子供以外の何者でもない。

「ぼく、十六歳です」

「私から見れば、今のあなたはアウラと変わりなく見えます」

「アウラは、まだオムツちゃんじゃないですか」

「そういうことではなく、きみもアウラも無邪気で優しく、そして稚(いとけな)い、愛(いと)おしい人たちだと言いたかったんです」

「稚いって、どういう意味ですか」

「まぁ、幼い、ですかね」

何を示唆しているのか。唯央が黙っていると彼は困ったような顔をする。

「幼いは言いすぎでした。あなたは、とても脆いと言いたかった」

脆いと言われ、顔が赤くなる。確かに彼には、情けないところしか見せていない。

「脆くなんかないし、もう大人です」

そう言い返すと、フッと笑われる。

(笑った。……悔しい)

笑われても当然だとわかっていても、納得したくなかった。

「しかし、幼く見えるから」

若いではなく幼い。それにはさすがに困る。

「ひどいです。もう働いているんですよ」

「それも聞きたかったことの一つです。あなたはまだ学校に通う年齢ですよね」

徹底的に子供扱いされている。ちょっと憤慨した唯央は、改めて家庭の話をした。

「父が亡くなり、母は重い病で入院しています。母が倒れた今、ぼくは何があっても働きます。医者に勧められた先進医療だって、本当は受けさせたい。でも」

そう言うとアルヴィは、痛ましそうな表情を浮かべて唯央を見ていた。

「お母さまの治療費を、私がお支払いするというのは、どうでしょう」

唐突なことを言われて、呆気に取られた。

「え」

「もちろん国費などではなく、私のポケットマネーです。差し上げるのが気に障るなら、お貸しするという形でもいい。無利子無期限、返却などいつでもいい」

何を言っているのか理解できなかったが、さすがに喜べない話だった。

「……遠慮します」

「断る？　なぜですか」

「ぼく、お金借りても返すアテもありません。毎日の生活でいっぱいいっぱいだから」

「では、あなたにプレゼントします」

そう言うと彼は唯央の手を、そっと握った。

「それはもっと変です。そんなおかしな話、聞いたことがありません」

話を打ち切ろうとしたが、アルヴィは握った手を離そうとしなかった。

「私たちは番です。あなたを開花させたのは私だ」

露骨なことを言われて、初心(うぶ)な唯央はさすがに硬直する。

「かっ、開花って、何を言って……っ」

「私はあなたのヒートに立ち会い、一人のオメガが美しく羽化するのを見守った。あなたの部屋にある、たくさんの蝶と一緒に」

「羽化……、何を言っているの」

よくわからないけど、ものすごく露骨な表現な気がして顔が赤くなる。

「開花とか羽化とか、どうして、そんな恥ずかしいたとえをするんですかっ」

「恥ずかしいと思うのは、あなたが子供だからです」

「へ、変なことを言わないでください」

「変なことではありませんが、不快にさせたのなら謝ります」

素直に謝罪されて、ちょっと肩透かしを食らった気持ちになる。

アルヴィは、どこまでも紳士だった。

「会話は楽しいですが、本題に戻りましょう。先ほども言いましたが、お母さまの治療費は私に出させてください。もちろん公費ではなく、私個人の資産です」

「それじゃ、まるで金目当てで番になったも同然じゃないですか」

力なく呟くと、アルヴィは口元に笑みを浮かべた。こんな話をしている時なのに、サロンでお茶でも楽しんでいるかのように、とても優美な表情だ。

「お母さまの治療費が、すぐに必要ですよね。先進医療が必要でしょう?」

反論するべき言葉がない。

確かにその通りだ。自分には病気の母がいて、そして金がない。

「今ここで結論は出さなくてもいいです。ただし、私たちは番です。あなたに選択の余地があると思いますか？」

とても優しい声で言われて、震えが走った。

彼は「考えておいてください」と言うと、そのまま部屋を出ていってしまった。

気がつくと空気が冷たかった。ぶるっと震えたあと、涙が出そうになる。

——怖かった。

いつもエレガントで優しい彼が、あんなふうに冷たいことを言うなんて。

唯央は自分の両腕を抱きしめて、大きく溜息をついた。その時、床に目を向けると、すみっこに仔豹が座っている。

「一緒に帰らなかったの？　おバカだなぁ」

そう言ってから皿にミルクを入れてやると、飛び跳ねるようにして寄ってきた。めちゃめちゃ可愛い。思わず笑顔が浮かんでしまう。

その小さい頭を撫でながら溜息をつく。

アルヴィは優しいのに、ふいに怖くなる。それは、刃(やいば)に似た怖さだ。

「ダイヤはアルヴィに返して、もう二度と会わないって言おう……」

彼と番だなんて、考えられない。彼というより、ベルンシュタイン公国の公世子さまと自分なんかが番にはなれない。

唯央はオメガ。幸せになってはいけない。なれるはずがない。そんな気がする。

そう思ったとたん涙が零れた。

涙は頰を伝い顎からすべり落ちて、ミルクを飲んでいた仔豹の頭に落ちる。あぇ？　という顔でキョロキョロする仕草が愛らしい。

自分も仔豹だったらよかった。

こんな愛くるしい生き物ならば、なんの衒いもなくヒートの時みたいに、アルヴィに甘えていられた。たとえ公世子でも、誰も何も言わないだろう。

初めてのヒートが訪れた時、アルヴィがいてくれてよかったと、心のどこかで思っていた。ほかの人だったらと思うと寒気がする。

アルヴィだから。

あの人だから、自分の全てを曝け出せた。

熱に浮かされたように、好きと告白したのもヒートのせいだけじゃない。

あの時、発情した恥ずかしい姿を見せてしまった。けれど、それがほかの人じゃなくて、アルヴィでよかった。

身分違いの公世子さま。だけど好きな人。

そうだ。自分は白馬に乗ったアルヴィを見た瞬間から、心惹かれていた。好きになっていた。番と言われて戸惑ったけれど、嫌じゃなかった。

……嬉しかった。

彼が好きだったから本心は嬉しくて、仕方なかった。

「アルヴィ、好き。……好き……っ」

呟いた言葉は頼りなく空気に融(と)ける。自分の想いと同じぐらい儚(はかな)い。

でも、好きだなんて気づかなければよかった。抱き合わなければよかった。

気づかないで、あの白馬の公世子さまを胸の奥に秘めていればよかった。愛しいと思わなければ、こんなふうに傷つくことはなかったのに。

涙は後から後からあふれ出て、止めることはできなかった。

7

「疲れたー……」

家に帰ってきた唯央は玄関口でそう呟くと、ソファに倒れ込んだ。

「仕事のかけもちは、三つが限界かな……」

バイトを増やしてはみたが、身体中が動かなくなるほどギシギシだ。しかも、先ほどから降り出した雨で、ビショビショに濡れてしまった。

深い溜息をついて、妙に遠く見える天井を見上げた。

とにかくお金が必要だ。母の入院費。治療費。転院。生活費。……生活費。

「あぁ。お金が雨みたいに降ってこないかなぁ」

ありえないことを呟いて、虚しくなって笑みが浮かぶ。金が降ったら、誰も苦労しない。降らないからバイトを増やした。朝の市場だけでなく昼の工場。夕方の在庫管理。夜は警備員。自分でも無茶だと思ったが、やってみたら、やはり無理だった。

「と、とにかく汗を流さなくちゃ。シャワーを浴びないと死ぬ。きっと死ぬ。ううう、身体が痛いよー。ガンバレ、頑張れー……」

半泣きのままシャワーを浴び、死ぬ思いで髪も洗う。筋肉痛で腕が上がらないので、もう決死の覚悟で洗髪する羽目になった。

「こんなに大変なシャワーは、初めてだ……」

こんな時に限って、よみがえるのはアルヴィの声だ。

『お母さまの治療費を、私がお支払いするというのは、どうでしょう』

赤の他人に甘える理由などないが、甘すぎる誘惑だ。番だから当然だと。

甘い。なんて甘い誘惑。

「……甘すぎる」

誰かに甘えるのは、きっと楽だろう。相手は公世子。自分なんかと比べ物にならないぐらいの、きっと大金持ち。すっきり甘えれば、ハッピーが待っている。

どうして、甘えられないのか。

考えることを中断しタオルを巻いて、リビングのソファにふたたび倒れ込む。お腹はぐうぐう鳴っていたが、食事を作る元気などない。

「……でも、お腹が減ったなぁ。今日は誤魔化しが利かない気がする」

そう呟いてから、あっと閃く。

「あるじゃない、肉！」

以前、肉屋の主人に貰った肉を、ちまちま冷凍していたことを思い出したのだ。

先日エアネストが入れた食材も、もちろん冷凍処理ののち保存してある。

「やったぁ……！　お肉、お肉……！」

肉への執念で、はね起きた。だが、すぐに筋肉痛で座り込んでしまった。

「いたたたたぁ。でも負けるもんか。肉を食べなくちゃ」

鬼気迫る顔つきでキッチンまで這っていく。冷凍してあった肉をタッパーに入れて、沸騰したお湯の中に入れる。いわゆる湯せんだ。

「電子レンジで解凍すると、お肉がおいしくなくなるからねー」

フライパンをコンロに置くと、半解凍の肉を中に入れてから、火をつける。

「熱いフライパンに入れると、肉が硬くなっちゃうから。じっくり、じっくり」

涙ぐましい生活の知恵で調理を終えて、ほどよく火の通った肉を皿に盛る。香ばしく焼けた肉の匂いに、倒れそうになる。

「お、お、お、おいしそう」

味つけは簡単に、テーブルで塩コショウ。いざ食べようとしてリビングに皿を持っていくと、電話機がチカチカ光っている。留守電だ。

留守電のスイッチを押さなくても、だれからの電話かわかっている。この家に用事がある人間は、一人しかいない。

……アルヴィだ。

この間のヒートが終わって唯央が落ち着いた時、彼は一緒に公宮殿へ行こうとも言い出した。唯央が一人で暮らすことに、大反対だったからだ。

厳密には母親と二人暮らしで、入院をしているという理由がありきの一人なのだ。他人に反対されると、柄にもなく意固地になる。

『私たちは番です。あなたに選択の余地があると思いますか』

優雅に微笑んだ彼の目は、笑っていなかった。どうしてか、怖いとさえ思った。

何度もアルヴィから連絡があった。だが、頑として電話に出なかった。全て無視だ。彼と会えば未練が出るし、お金を出してくれる誘惑に負けると思う。

アルヴィのことは好き。大好き。

でもなし崩しに彼に甘えられないと思う自分は、おかしい。……おかしい。

その時、玄関チャイムが鳴って、ビクッと震えた。インターフォンもない家だから、戸口まで行って扉ごしに誰何(すいか)するしかない。

「どちらさまですか」

「夜分に失礼いたします」

エアネストの声だ。予想していなかった人物の声に耳を疑う。

「唯央さま。殿下からのお届け物をお持ちいたしました」

ドアノブを握っていた手が震えた。もしエアネストの背後に、アルヴィがいたら。ずっと居留守を使い続けている唯央に、痺れを切らしたのかもしれない。

心の整理がつかない今、彼に会いたくないと思った。

「あの、……アルヴィも一緒ですか」

「いいえ。おられません」

「本当に？」

「はい。私一人で参りました。お疑いなら、チェーンをかけたままで結構ですから、扉を開いてみてください。背後に殿下がいらしたら、姿が見えます」

言われた通りチェーンを外さないで扉を開くと、確かにエアネスト一人だ。扉を開けると、大きな箱を持った彼が立っている。

いつも通り黒いスーツを着ているから、闇に紛れそうだ。

「遅くに申し訳ありません。昼間、何度か訪ねましたがお留守でしたので。ちなみに、今のようにチェーンをかけているからといって不審者を相手に扉を開くのは、大変危険な行為です。隙間があれば、チェーンはすぐ切断できます」

「じ、自分で開いてみてくださいって言いましたよね」

「はい、確かに。ですが唯央さまは、殿下の番となられた方です。軽々しく人を信用して、言われるまま行動してはいけません」

そう言うと靴の爪先を扉の隙間に突っ込み、そこから手を入れて器用にチェーンを外してしまった。唖然とする唯央に、彼は慇懃（いんぎん）に言う。

「このように、大変危険です」

澄ました顔で言われ、危険なのはどっちだと言いそうになる。

自分はたぶん、エアネストに好感を持たれてはいない。失礼な人だと思ったが、この長身に鍛えた身体。怒らせたくない人物だと、頭の中で警報が鳴った。

（アルヴィがオメガのために改革してくれてるといっても、オメガが嫌いな人は根強くいるだろうし……。逆らっちゃだめだ）

そのエアネストはまったく表情も変えずに、手にした箱を差し出してきた。

「な、なんですか」

「殿下からのお届け物です。中身をご確認ください」

彼はそう言うと手にしていた大箱の蓋を、片手で器用に開けてしまった。箱の中身は、ぎっしり入った色とりどりの食材だ。

綺麗な色の野菜や、鮮やかな色の牛肉。それらが透明なフィルムに包まれ、行儀よく並べられている。欠食児童みたいな栄養状態の唯央には、宝石箱より眩しかった。

「わぁ……」

目を輝かせてしまってから、ハッとする。アルヴィからの電話に出ないのに、食べ物に喜ぶ自分の卑しさに眩暈がした。

それを見越したのか、エアネストは唯央に箱を渡すと「それでは」と言って帰ろうとする。

「あ、あの、待ってくださ」

「殿下からのお電話に出られないそうですね」

言葉尻を無視するようにして、唐突に話しかけられる。彼の瞳は冷たい。

「なぜ殿下を無視されるのですか」

低い声に身が竦む。こんな声を何度も聞いた覚えがある。

『オメガでしょう』

『どうせオメガのくせに』

『こいつ、オメガだからさ』

そう言って蔑まれた時の、あの声音と同じに聞こえた。

「む、無視じゃなくて、忙しいから疲れて電話に出られなくて」

しどろもどろで言い訳すると、エアネストは無表情で唯央を見た。

「殿下からのご援助をお受けになられるといいです。ご母堂もお元気になりたいでしょう。あなたが意地を張っていても、何もいいことはありません」

ずきっと来ることを言われてしまった。確かに、いいことは何もないだろう。

「でも、いくらぼくがオメガでも、公世子と番になるなんて無理です。……前の奥方さまは、すごい美人でアウラのお母さんで」

「確かに大変にお美しく、お優しく慈愛に満ちた方でした」

「エアネストさんも、奥さまをご存じなんですよね」

「はい。美しいだけでなく、伯爵令嬢でもあり、映画にも出演されていました。あの方に敵う人はいないでしょう。ですが、あなたは殿下が選ばれたのです。何も心配することはありません。どうか殿下の御心を悩ませないでください」

言いたいだけ言うと、彼は今度こそ振り返らず立ち去っていった。その後ろ姿を見守っていた唯央は、寒さを感じた。

茹だるような昼と違って，夜は冷え込むことが多い。砂漠化現象と言われるけれど、この世界は本当に砂漠になるのだろうか。

砂の世界になったら、死が間近にある現実になれば、自分は素直になれるのか。

ヒートの時みたいな、あんなどさくさでなく、アルヴィが好きだと言いたい。

でも。

「……バッカみたい」

独り言ちてから虚しくなり、家の中に戻った。手にしたままの食材が、重すぎて悲しくなる。アルヴィの優しさが、とてもつらい。そんなことを考えながら、キッチンの調理台に貰った箱を置いた。

彼の優しさや思いやりに触れると、心が軋むみたいに痛む。アルファで公世子なのだから、もっと威圧的でも独善的でも、誰も責めたりしないのに。

それなのに、こうして差し入れを持っていかせる心遣い。

それに意地を張る自分の愚かしさ。

わかっていても、そうせざるを得ない自分。

「……大好きだけど、好きって言っちゃいけないんだ」

目に涙を浮かべながら呟くと、気を取り直して扉を開ける。その瞬間に固まった。

黒豹が、ソファの上に寝そべっていたからだ。

「あ……っ」

大きくて優美な獣。宝石のような金色の瞳。見間違いようもない。

戸口で固まる唯央に構わず、黒豹はソファを下りて、こちらに向かってくる。

(もしかして、今度こそ噛むのかな)

噛まれたら痛いなんてどころじゃない。死ぬ。本当に死ぬ。

でも怖いと思う反面、心のどこかで、ときめいていた。

美しい獣の牙に裂かれて死ぬ。それは番のアルヴィにさえ噛まれなかった自分には、とても似合いの終焉(しゅうえん)に思えた。

だが黒豹は、まったく噛みつこうとしない。ただ匂いを嗅ぐように、鼻を蠢かすだけだ。

だが、それに飽きたのか、きらりと光る眼で見据えてくる。

そして大きな前脚で唯央の服に爪を立てて床に引き倒した。

「わぁっ」

ペタンと床に尻もちをつくと、黒豹は乗りかかってきた。身体を竦ませると、大きな舌で頰と首筋を舐めてくる。ザラザラした舌は痛い。

「ひゃあっ！」

この部屋に入ってから、叫びしか上げていない。しかし獣は我関せずで、ベロンベロンと唯央を舐め続けていた。

「信じられない。どうして、きみはここにいるの？　ぼくは夢を見ているのかな」

黒豹に敵意がないことを確信した唯央は、そっと手を伸ばし大きくて丸い頭に触れてみる。それでも黒豹は嫌がらない。

「きみって、すごく素敵だね」

自分の腕の中に黒豹がいることに、ポーッとなってしまった。夢のようだ。

「黒豹を抱っこできるなんて、夢みたいだ。これから、きみをなんて呼ぼうか。名前をつけてもいい？　だって、きみって変だよね。あ、そうだ」

名案を思いついて、思わず笑顔になる。

「ムスタって、どうかな。北欧の言葉で、黒って意味だよ。ピッタリ！」

黒豹は退屈そうな顔で唯央を見て、顔をベロンと舐めた。

「わぁっ、何するの！　ペタペタする！」

文句を言いながら、それでも嬉しくて笑った。

こんな綺麗な動物が、自分を拒んでいないというだけで嬉しい。

「ムスタ。……ムスタ。嬉しいな。ムスタ、よろしくね」

黒豹に話しかけていると、胸の奥が熱くなってくる。憧れの動物だからだ。

ムスタは、しばらく唯央を見ていたが、ふいっと戸口から出ていってしまった。

「どこ行くの、ムスタ」

慌てて後を追いかけた声をかけたが、黒豹の姿はない。

まるで闇に紛れて消えたみたいだった。

□□□

黒豹の訪問があった翌日。唯央は市場の仕事を終えたあと、母の入院する病院へと向かった。いつも通り受付に挨拶して、病室の扉を開ける。すると。

「アルヴィ……っ」

ベッドで眠る母親の隣に、きちんとスーツを着たアルヴィが立っていた。そばにはエアネストもいる。思わず身体が硬くなった。

「不躾に申し訳ありません。私たちのことはともかく、お母さまのことは早急に手続きしなければなりません」

「……なんで勝手に、そんなことをするんですか」

わけもなく腹が立つ。本来なら感謝するべきなのに、心と裏腹の言葉が零れ落ちた。

「了承も得ずに勝手なことをして、すみませんでした。しかし」

「お断りします。アルヴィに甘える理由がありませんから！」

そう言って会話を終わらせようとすると、静かな声がする。

「これは人命の問題です」

冷静に言われて、ビクッと震えた。人命の問題。

そうだ。母親の命が危ういのに、自分は何を意固地になっているのだろう。

「こうしている間に、病状は刻一刻と悪くなる。だが今なら間に合うはずです」

真摯な眼差しに見つめられて、己の愚かさが恥ずかしくなる。

自分たちのことはどうでも、母親の病状は一刻を争うのに。

「アルヴィの言う通りです。……ごめんなさい」

小さな声で言うと、彼は「大丈夫」と囁いた。

「私も焦りすぎました。先日は弱みにつけ込むような、下品な言い方をしてしまいました。お詫びします。しかし人命は最優先しなければなりません」

唯央の言葉にアルヴィは、転院の手続きが済んだ書類を見せてくれる。

「この通り退院手続きと、転院手続きだけはしてあります。あとはご家族が承認のサインをしてください。費用も入金済みです。お母さまの移動を急ぎましょう」

とうとう涙腺が壊れてしまい、涙があふれ出る。

ストレッチャーに乗った母親は、彼が手配してくれた車に乗る。救急車よりも豪華な車は、ストレッチャーごと乗り入れが可能だった。

自分一人では、ここまでできなかった。

お金がない。時間がない。疲れた。もう苦しい。

言い訳ばかりして、大切な人のことを見ていなかった。見るのが怖かった。

「受け入れ先の病院に連絡はしています。入院手続きのサインが必要になりますので、病院に着いたら事務局へ行ってください。この車とは別の車で、私たちは後を追いかけましょう。そう遠くはないそうです」

アルヴィはそう言って、ストレッチャーが固定された移送車を見る。そして、車の後部ドアをノックした。中に乗っていた介助者らしき人がドアを開ける。

「そろそろ出発しますよ」

「すみません。一言、お母さまに声をかけたいと思いまして」

そう言うと彼は、移送車に乗り込んでしまった。慌てて唯央も後を追いかける。

ストレッチャーに寝たままの母は、うっすらと目を開いている。そしてアルヴィを見て、瞬きを何度かくり返した。

「あら……、王子さまがいらしたわ。眠り姫みたい。夢みたい。それとも哀れな女を迎えに来た、綺麗な死神さんかしら」

アルヴィは微笑みを浮かべながら、点滴をされた腕とは反対の手を取る。

「無作法をお許しください。マダム、このまま新しい病院へ移動していただきます。ご不自由をおかけしますが、少々ご辛抱ください」

「新しい病院……？　お金がかかるわ。もう唯央の負担になりたくないの」

「大丈夫。お金の心配はいりません。それよりも、早く身体を治しましょう。新しい病院で治療をすれば、すぐによくなりますよ。マダム、あなたは治ります」

そう言って、美咲の手に軽くキスをする。母親は朦朧(もうろう)としながらも、ちょっと照れたように笑った。

「治る……。嬉しい、早くよくなりたいわ。私がいないと、唯央は無茶ばかりなの」

「ええ。必ずよくなります。約束しましょう」

心なしか美咲の頬が、ピンク色になった。今まで血の気がなかったのに。

「よろしいですか。出発しますよ」

背後から声がかかる。アルヴィはもう一度、母の手にキスをした。

「では、少々の間お休みください」

「さっきは死神さんなんて言って、ごめんなさい。あなたは、大天使さまだわ……」

それだけ言うと、瞼を閉じる。どうやら眠ったようだ。

唯央が言いたくても言えなかった、「必ずよくなる」の一言を、アルヴィは口にした。安請け合いをして結果が出なかったらと危惧していた言葉を。

だけど、母に必要なのは治るの一言だった。

ほんの一瞬の会話だった。しかし母親の、ほんのり薔薇色に染まった顔色はどうだろう。自分は心配をかけるばかりで、彼女を安心させてやることができなかった。

同情されていると意地を張り、オメガとして愛されることがイヤだった。だから好意を突っぱねていたけれど、間違っていたのだ。

移送車が走り出すのを見送ったあと、唯央はアルヴィの車に同乗させてもらい、後をついていく。車はなめらかに走り出した。

後部座席にゆったりと腰をかけた彼は、静かな声で言った。

「この援助と、番の話は別です」

「はい」

「まだあなたを諦めていません。ですが、私はもう人の弱みにつけ込むことはしません。純粋に、弱っているお母さまに手を差しのべたいのです」

紳士的な申し出に、涙が出そうだった。唯央は礼を言って、母のためにアルヴィの申し出を受け入れる。

「ありがとう。……本当にありがとう。感謝します」

小さな声だったが、アルヴィには聞こえていたらしい。

「大丈夫です。お母さまは、必ずよくなります」

魔法の言葉。医者じゃないくせに、なぜわかるのだと突っかかる気にもならない。

『おに、ちゃ。ままね、なおるお』

以前アウラに言われた時も、涙が出るほど嬉しかった。人を安心させるための確証のない、かりそめの言葉。

でも人間は、その儚さにすがり希望を持つ。

正しいことばかりが、希望を与えるとは限らないからだ。

「アルヴィ、ありがとう」

礼を口にしながら、彼に頼ってしまいそうで怖くなる。身分違いとわかっているのに、寄りかかりそうになるのは、弱いからだ。

自分がどこにいるかわからない、そんな心許(こころもと)ない気持ちになる。

でも、それは絶望ではない。

(マダム、あなたは治ります)

（おに、ちゃ。ままね、なおるお）

ただの慰めであっても。たとえ、かりそめの言葉と同じであっても。思いやってくれる、そんな気持ちに触れると、人は顔を上げて前を向く。
人の心は、強くなる。

8

母の転院から一か月が過ぎた。

あれから新しい治療が行われて、数値がよくなってきたと言われて飛び跳ねるぐらい嬉しくなる。だが。

アルヴィから連絡が来なくなってしまった。

どうしたのだろう。何か気に障ることがあったのだろうか。唯央の心配とは裏腹に、入院にかかる費用は、ちゃんと振り込まれているらしい。

(アルヴィは、どうしたのかな)

ダメな要素しかない自分など、やはり番の相手ではないと見限ったのかもしれない。もちろん仕方のないことだけど、何も言ってくれないと不安になる。

「……って、悩んでいる場合じゃないか」

何はともあれ、バイトを頑張ろう。唯央が思ったのは、それだった。

母のことがあるから、お金はいくらあっても、ありすぎることはない。アルヴィの厚意に甘えっぱなしなんて、とんでもないからだ。

とにかく働こうと思い、市場のバイトに向かった。

前回のヒートから、いろいろあって二か月以上が経過している。あんな状態になる前に、がんばって働かなくては。

いろいろ探した結果、市場の仕事が終わったら、工場で仕分けと検品と梱包のバイトをすることにした。単純作業だがキツイ。だが、すぐ慣れた。

「新人、休憩だよ」

シール貼り作業をしていると、社員に声をかけられる。

「はいっ、ありがとうございます」

返事をして席を立った。工場内の社員食堂を使わせてもらえるので、食費が浮いてとても助かる。しかし近頃、食欲が落ちていた。

以前は食費を切りつめるために、食べないことが多かった。だが最近は食べたくても食べられないことが多くなっている。

（疲れているのかなぁ。近頃ずっと身体が怠い……）

万年睡眠不足だから、そのせいだと思っていた。しかし、足元がフラフラするし、朝の市場でもよくコケる。

その時、ふと過ったのは働いていた頃の母親の姿だ。

朝から晩まで働いて、苦労、苦労の連続だった。その母が倒れる直前、同じようなことを言っていなかっただろうか。

(最近、イヤに疲れやすいのよね。よく躓くし。いやだわ、年かしら)

その結果、年齢なんて単純なものではなかった。職場で倒れて救急搬送。大きな病気が見つかってからは、寝たきりの入院生活。

母が寝ている姿がよみがえり、背筋が寒くなる。

(病気にならない保証なんて、誰にもない。早めに病院に行っておかなくちゃ)

普段なら適当な言い訳をつけて、病院を回避するのが常だった。でも、母の姿を間近に見ているから、楽観視してはいけないと思った。

(ちょうど明日は市場が休みで仕事もないし、病院に行こう)

そう思いながら、工場に戻った。レーンに入り、ふたたびラベル貼りの仕事に取りかかろうとする。だけど。

「――――……っ」

いきなり気分が悪くなり、作業を中断してトイレに駆け込んだ。嘔吐なんて縁がなかったが、この日は個室で吐いてしまった。

(うわぁ……っ、なんだろう急に)

個室から出て、顔と手を洗う。さすがに不安になってきた。今どきは風邪を引いただけで、即クビになることも珍しくない。

ビクビクしながら早退を申し出ると、問題なく許可されたのでホッとする。

帰宅すると、固定電話にメッセージを知らせる点滅がついていた。留守電は全てアルヴィからと、わかっている。

一か月も連絡がないので、気になっていた。折り返しかけ直そうと思って受話器を持ち上げるが、すぐに元に戻してしまう。

なぜか今、彼の優しい声を聞くことができない。そう思ったからだ。

(ぼく、なんかおかしい)

きっと疲れが溜まりすぎている。だから急に吐いたりしたのだ。もう何も考えることはせずシャワーを浴び、眠ることにした。

心の奥が、キシキシ痛む。ものすごく不安だったし、淋しかった。

(ほかに番を見つけたのかもしれない。……ううん、番ではなく、正式な奥さまを見つけたのかもしれない。だって公世子って立場だもん)

可愛いアウラは、どうしているだろう。そういえば、ちびも来なくなったし、ムスタも姿を見せなくなってしまった。

淋しい。

理由はないのに、ものすごく怖くて、淋しくて、心が痛い。

いつもなら、こんな気持ちにならないのに。体調が悪くて、不安になったのか。こんな時、誰かに抱きしめられたい。怖かったね、もう大丈夫と言ってほしい。

いや。誰か、じゃない。抱きしめてほしいのは、一人だけ。

「……っ、気づくの、遅すぎっ」

わざと声に出して言い、毛布を頭からかぶる。

明日は朝から病院だ。帰りに母の病院にも寄って見舞いに行かないと。怠さ続きで顔を出していなかった。きっと淋しがっているだろう。

でも。

でも今の自分が不安定すぎて、母の前で明るく振る舞う自信がない。

毛布にくるまって、眠りが訪れるのをじっと待つ。

亡くなった父の顔と、病で伏している母の顔。そしてアルヴィの顔が浮かんでは消え、また浮かぶ。これ以上は考えたくなくて、ベッドに潜り込んで瞼を閉じた。

□□□

内科では採血と採尿をされて、待合室で待つように言われた。深い溜息が出るほど、気持ちが落ち着かない。

血を採ったあとに小さな絆創膏(ばんそうこう)が貼られたが、血が滲んでいるし痒(かゆ)みもあって、もどかしい。早く剝がしたいけれど、まだ血が止まらないみたいだ。

ふとアルヴィの顔と、そしてなぜか黒豹のムスタが脳裏を過った。彼の金色の瞳とムスタの目が、不思議にリンクする。

どちらの眼差しも、唯央の心を捕らえて離さない。

早く会いたい。アルヴィとムスタ。彼らに会って抱きしめてもらいたい。

一国の公世子と動物を一緒に考えるのは不遜だろうか。いいや。彼らは唯央にとって、なくてはならない存在になっているのだ。

早く検査の結果が出ないかな。内心、身悶えしそうになるのを堪えたその時。

「クロエさん、唯央・双葉・クロエさん。診察室にお戻りください」

永遠かと思った時間が、いきなり終了を告げられる。看護師の平坦な声が、なんともないから、早くいらっしゃいと言っているみたいに聞こえた。

「は、……はいっ」

立ち上がり診察室に向かう。大丈夫。きっと大丈夫。

オメガに生まれて、いいことがない人生だったが、まさかこれ以上の悪いことが起きるはずがないだろう。もちろん確信ではないけど、そんな気がする。

「失礼します」

診察室の扉をノックして、中に入る。そこには医者が座っていた。

「あー、えぇと。本当ならウチでなく、婦人科に行ってほしいんだけど」

「え?」

どういうことだろう。自分は体調不良で受診しに来たのに。そもそも、なぜ男の自分が、婦人科に行かなくてはならないのだ。

不審感は顔に出ていたらしい。まだ年の若い医者に、ジロジロと見られた。

「だってキミ、オメガでしょう」

「オメガです……、けど。それが」

「二か月前ぐらいにヒートが来た時、番と性交があったでしょう。おめでたです。こういうことで内科に来られてもね。うちも忙しいから。今から二階の婦人科に行ってください。番のいるオメガは体調不良になったら、まず妊娠を疑うべきだよ」

ちっとも親身ではない言い方で、突然の重大な宣告。

「おめでた、って……。そんな」

「そんなって、性交したら誰でも妊娠の可能性はありますよ。あなたオメガだし」

呆然としている唯央に、医者は優しさの欠片(かけら)もなかった。彼はボールペンの先で、カンカンと液晶画面を叩く。

「とにかく、うちは専門外です。婦人科にカルテを持って、このまま行ってください」

もう話は終わりとでも言うように、カルテをクリアフォルダに入れて差し出してくる。

震える手で受け取ったが、医者はまったく気にした様子もない。PCに向かい打ち込みを始めると、もう唯央に視線を向けることはなかった。

□□□

そして次に受診した婦人科でも、同じ宣告をされる。ただし、こちらの医者は穏やかで利発そうな女性で、先ほどの内科医みたいな威圧感はなかった。

「ご、五週目って、あの、それ、なんですか」

「妊娠して二か月目ということです」

あまりにも無知な質問だが、医者は慣れているらしい。丁寧に言い直してくれた。しかし、ショックなことに変わりはない。

産婦人科の診察室で告げられたのは、先ほど内科で聞いたことと違わない内容だ。

唯央は血の気を失いそうになったが、ぐっと唇を嚙んで前を見る。

（にんしん）

（ぼくが。男のぼくが、にんしん）

（オメガだから。だから。だから。だから。――――だから）

心当たりは、あの時。あのヒートの夜。

「妊娠ですね。もうじき、五週目になります」

相手は彼。アルヴィ。もちろん、あの人しかない。

いつも上品で優しい人が、あのヒートの時は尋常でなく激しかった。

いや、あのヒートは、自分がおかしかったのだ。はしたなく男にすがりつき、涎を垂らして求め続けたではないか。

生まれて初めてのヒートに身をよじり、いやらしい声を上げ続ける自分を、彼は抱きしめてくれた。

出してと言った。種をちょうだいと泣きすがった。だから彼は、アルヴィは自分の中に吐精した。ああしなければ、二人とも治まらなかった。いや。

何度も何度も。どうしてあんなことを言ってしまったのか。

種をちょうだい。ぼくの身体に種をばら撒いてと喘いだのは、ぜんぶ自分。

膝の上に置いた自分の指先が、ものすごく冷たい。まるで、氷みたいだ。頭の中が真っ白で、泣き出してしまいそうだった。

唯央は自分の手を持ち上げて、そっと頰に触れてみる。妊娠の可能性を考えなかった自分の無知さに、しっぺ返しを食らった気持ちだ。

頭の中に浮かぶのは、ミルクを満たしたコップだ。縁まで注がれたミルクは、ふるふると震えている。だが、あふれ出して零れてしまった。

流れたミルクはテーブルを濡らし、床を汚す。まるで、愚かな唯央を責めるように、びしゃびしゃになってしまった。

もう取り返しがつかない。

愚かなのは自分。

愚かさゆえに、誰にも望まれない子を宿した、虚(うつ)けものの自分だった。

□□□

公世子の子供を宿して、いったいどうなるというのだろう。

彼にはアウラという世に認められた公子がいる。あの子の母親は他界したけれど、アルヴィならば、いくらでもお妃候補はいるだろう。

彼はベルンシュタイン公国の公世子。容姿端麗で洗練され、それに、とても優しい人だ。

優しいから、番になろうと言ってくれる。

でもオメガなんか、必要とされるはずがない。

自分は、きっと誰にも愛されないまま人生が終わる気がする。ましてやアルヴィのような別世界の住人に、愛されることがあるだろうか。

「……困っちゃうなぁー……」

ついボヤキが出てしまう。おどけて言いながらも、心の中は冷えていた。

そう考えながら自宅の扉を開けると、そこで動きが止まった。

あの黒豹がいたからだ。

「びっくりした。ムスタ、どこから入ったの」

玄関の鍵は閉めてあるのに。もしかすると、使っていない暖炉の煙突か。

「毎回きみには、びっくりさせられるなぁ」

ムスタはソファに寝そべったまま、唯央を見つめている。

その優美さは、まるで一枚の絵のようだった。

「でも、きみは絵になるね。美しいなぁ」

そう声をかけながら着ていたシャツを脱いで、部屋の隅に置いてある脱衣籠(かご)に突っ込む。

最近は自室に戻るのがイヤで、リビングで生活しているみたいになっている。

「お母さんが帰ってきたら、めっちゃくちゃ怒られるだろうなぁ」

なぜこんな不精になったのだろう。母親が不在だから？　仕事で疲れ果てて、二階に上るのが面倒だから？

――――それともヒートの間、アルヴィと抱き合った記憶があるから？　あの部屋に行くと、熱情を思い出してしまうから？

過った考えを打ち払いたくて、何度も頭を振った。

「違う。違う、違う、違うって」

なんだかクラクラする。頭を振りすぎたせいだ。そのままムスタの寝そべるソファの隣に座り込む。

「人間と豹、どっちが偉いのかなぁ。まぁゴージャスなのはムスタだよね。きみなら、あの宝石も似合うだろうな。……ベルンシュタインの光も、きっと美しいよ」

脳裏を過ったのは、あの煌びやかすぎる宝玉だ。

どうしてアルヴィは、あのネックレスを置いていったのだろうか。

至宝と謳われた宝石を、これ以上は預かれない。万が一にでも何か起こったら、もうこの国にはいられないだろう。

思いつめてしまうと、温かい感触が指先に触れて、思わず声が出た。

「ひゃあっ？」

感触の正体は、唯央の指先を舐めたムスタだ。その感触に身体が震える。

「い、いきなり何をするの」

身体が揺らいだのは単に驚きか。身体がどうかしているのか。

「きみはアルヴィと同じ瞳をしているから、ドキドキするのかな。それとも、きみにドキドキしているのかな。……もう、わからないや」

なぜこの黒豹に恋情のような感覚を抱くのか、自分でも理解できなかった。

「きゃうっ」

突然高い声がしたので、驚いて振り向くと、そこには仔豹がいた。

張りつめていた気配が、霧散する。思わずほっと息をついた。

「今度はちびだ。千客万来っていうか、うちの施錠、どうなってるの」

思わず文句を言ってしまったが、それでも会えてニコニコしてしまう。

「久しぶりだね。ちびのこと、いっつも考えているんだよ」

そう言うと仔豹は頭をグイグイと唯央の胸に押しつけてくる。すごく可愛い仕草だ。来てくれたのが嬉しくて、温めたミルクをご馳走する。相変わらず、皿に顔を突っ込む勢いの飲みっぷりだ。

「慌てなくていいよ。市場でミルク貰えたから、いっぱいあるからね」

ムスタはそんな様子を床に移動し、寝そべって見つめている。その金色の瞳が唯央の悩みなど見透かしているみたいだ。

「きみは、なんでもわかっちゃうのかな」

お腹がいっぱいになって、ソファに引っくり返った仔豹は、そのまま寝てしまった。その丸いお腹を撫でながら、独り言のように呟く。

「ぼくはアルヴィに抱きしめられて、嬉しかった」

ムスタは聞いているのか、いないのか。視線も合わせてくれない。だけど、唯央に無関心でいてくれたほうが言いたいことが言えると思った。

「ぼくね、赤ちゃんができたんだ。びっくりでしょう」

ムスタは特に反応はない。ただ尻尾だけが、ゆっくり左右に揺れている。それを見ていると催眠術にかかったみたいに、なんでも話してしまいそうだ。

「アルヴィの赤ちゃんだよ。きっと綺麗で優秀な子だと思う。だって、あのアルヴィの子供だもの。アウラみたいに、すっごく可愛くて、頭のいい子だよ」

言葉にしてしまうと、すごく無邪気に喜んでいるみたいだ。明るく言っているけれど、だんだん胸が痛んでくる。

だってこの子は、誰にも祝福されない子供だから。誰にも喜ばれない子なのに、なぜ生を受けたのか。かわいそう。かわいそうだ。

なぜ自分なんかに宿ってしまったのだろう。

「――――そうじゃない」

そこまで考えて、違うと目を見開いた。

誰にも喜ばれないなんて、そんな悲しいことを言いたくない。この子は、世界中の幸福を独り占めにしている子だ。

自分は、自分だけは、そう思わなくてはならない。

「早く、生まれてこないかな」

そう呟くと、沈んでいた気持ちが、少しだけ明るくなった。これから起こる、たくさんの重圧を撥ねのける呪文だったのかもしれない。

「元気に生まれてきますように。アルヴィによく似た、可愛くて綺麗で賢くて……」

そこまで言ってから、思わず笑ってしまった。

「うそうそ。別に、ヘチャでいいよ。おバカでいいし、ダメな子でいい。なんでもいい。早く生まれてきて。早くぼくを、ギュってして」

母しか家族がいなかった自分に、やっと愛する対象ができる。自分が産んだ、最愛のちびっ子だ。可愛い。ぜったい可愛い。

「まだ会ってもいないのに、ぼくはきみが好き。世界でいちばん好き。だいすき」

自分はどうして、オメガに生まれたのか。なぜ幸福じゃないのか。ずっと考えて悩んでいた。ずっとずっと答えを探してきた。

でも、もうやめよう。

自分は確かにオメガで、普通の人たちとは違う。でも、それ以上でも以下でもない。

それはオメガだけど、人間だから。だから、当然なのです。

頭の中で、はっきりとした声が響いた。

「そう言えば、ぼくアルヴィに好きって言えたんだよね」

ヒートの時のどさくさだったけど、ちゃんと好きって言えた。あの人も答えてくれた。

その証拠が、お腹の中にいる。それでいい。もう充分。

もう、充分だ。

ものすごくサッパリした気持ちで、俯いていた顔を上げた。

すると、いるはずの黒豹が忽然と消えている。部屋の中には、仔豹だけが丸まって寝ていた。びっくりして大きな声が出てしまう。

「あれっ？　ムスタは、どこに行っちゃったの？」

室内の扉がわずかに開いている。だけど玄関の鍵は施錠されている。

「お父さん、どこに行っちゃったんだろうね」

幻のようなムスタのことを考えると、なぜだか胸が熱い。

これは、愛しいアルヴィのことを考えた時と同じときめき。

「……ぼく、おかしいね」

ぽっかりと空いた手を見つめて、小さく呟く。

たった今、離れたばかりなのに。

だけど黒い毛並みが恋しくて恋しくて、仕方がなかった。

9

「ご招待いただき、光栄です」

「いらっしゃい。お呼びたてして、すみませんでした」

家を訪ねてきたアルヴィを招き入れるのは、いつぶりだろう。

母の病院で別れてから、ずいぶん経っていた。一度も連絡しなかった自分は、本当に不誠実だと思った。

今日もアルヴィはスーツ姿だ。それに引きかえ、自分はジーンズと白シャツ姿。ちょっと恥ずかしい気がした。

(着飾る気はないけど、話をするつもりなら、ちゃんとしないとマナー違反だから)

このまま自然消滅でも仕方がない。だけど、それでは済まない大切なことがある。

「ずっとお預かりしていましたけど、お返しします」

唯央はテーブルに置いてあった箱を開き、アルヴィのほうへと向ける。そこには、ベルンシュタインの光と呼ばれる宝石が入っていた。

「返すっていうのも変な言い方だから、お戻しって言ったほうがいいのかな」

「なぜ、急に返そうと思ったのですか」

彼は憮然とした表情を隠そうともせず、低い声で言った。予想していなかった反応だ。

「なぜって、だって国宝をぼくが持っているほうが、おかしいですよね」

「ベルンシュタインの光は、国宝ではありません。当家の私財です」

「ごめんなさい。テレビで見て、てっきり国宝だと勘違いしました」

「父の戴冠式だけでなく、母も結婚式の時に身につけていました。だからこそ私は、あなたに持っていてもらいたかったのです」

とんでもないことを言われて、目を見開いた。なんの警備もない家庭に置いておくなんて、どうかしているとしか思えない。

いつも常識的な彼がどうして、そんなことを言い出すのだろう。

「国宝じゃないにしても、ぼくが持っているのは、犯罪になると思います。ぼくはオメガですし、アルファ不敬罪に問われたら」

そう言った瞬間、アルヴィは唯央の手をグッと握りしめた。

「あ、あの」

「あなたは、自分はオメガだからダメだと思い込んでいる」

「え?」

「オメガだから劣っている。オメガだからアルファ不敬罪に問われる。オメガだから幸福になれない。あなたは、そう思い込んで身動きを取れなくしている」

たった今、『ぼくはオメガですし』と言った唯央は、反論できない。アルヴィは真っすぐに瞳を覗き込んで、言い放つ。

「あなたを縛っているのはバースじゃない。あなた自身だ」

その一言に、呆然とする。

自分が自分を縛りつけているなんて、考えたこともなかったからだ。

「アルヴィはアルファだから、そんなに堂々と言えるんです。ぼくはオメガだから、オメガとして認定を受けたから、だから」

「ええ、私はアルファとしてしか生きられません。でも、あなたもそうですね。オメガだから迫害され、アルファの子供を産むしかできず、虐げられても黙っているしかできないと思い込んでいる」

光る金色の瞳に見据えられて、言葉が出ない。今までの自分を、全て否定されているようだ。手が震えて、仕方がなかった。

そういえばヒートで休んだ時、市場の皆に責められなかったことを思い出した。

『ボウズ、ヒートだったんだって？　もう治まったのか。よかったな』

誰も責めなかった。

いつもは口が荒い人々が、一様に唯央の心配をしてくれたのだ。

ではオメガでも、怯えて生きることはないのだろうか。

学校のような狭い世界は別としても、社会というのは、もっと広い視野でオメガを受け入れてくれるのだろうか。

世の中の人々は、自分みたいな弱くて惨めな存在を嫌がったりしないのか。

「じゃあ、オメガも普通の人間として、受け入れてもらえるってこと……?」

「ええ。私はそう考えます。ベルンシュタインの民は拒まない。だからオメガも普通に生きていいんです」

自分は、どうすればよかったのだろう。

差別されて反論できないと思い込んでいた。だけど違うというのなら、オメガは、どうやって生きればいいというのだ。

「自分で自分を縛りつけるのは、もうお終(しま)いにしましょう。自由になるんです」

もう聞いていられなかった。

この先を聞いてしまったら、逃げられなくなってしまう。

「とにかく、ベルンシュタインの光は確かにお返しします。ぼくはもう、アルヴィと一緒にいることはできません」

その言葉に彼は何も言わない。顔が見られず、俯いたまま早口で言った。

「ヒートの時はアルヴィがいてくれて、本当によかった。アルヴィ以外の人なんて、絶対にイヤだった。迷惑をかけてごめんなさい。だけど」

「誰が迷惑などと言った！」

部屋の中に響き渡る怒号。

驚きのあまり身動きが取れないでいると、グッと腕を引かれて、テーブル越しに引き寄せられる。

「私はきみを愛している。だから番になろうと言ったんだ」

真剣な眼差しで見据えられて、身体が震えた。

「伊達や酔狂などで言っているわけじゃない。いいか。私は次の大公だろう。再婚の話も番の申し出も山と来る。だけど私はほかの誰でもない、きみだから番になりたかった。一目惚れだからだ」

頭の中に、アルヴィの言葉が響きわたる。

ほかの誰でもない。唯央だから。この自分だからこそ、番になりたかった。

「だけど、だけど、ぼくはアルヴィの番にはなれな……」

「勘違いしているようだから、先に言おう。番はアルファからは解消できるが、オメガからは番を解消できない」

「えっ？」

「もしオメガから解消を言い渡しアルファが受け入れた場合、死に至ると聞いたことがある」

その言葉に頭を殴られたようになってしまった。唯央は番という摂理を、まったく理解していなかったのだ。

「こんなことは学校教育で、教えられたはずだ」

強い語気で言われて、思わず身体を竦めてしまった。

「学校は生徒も教師もオメガを差別していて、すごく嫌な思いばかりしていたから、ほとんど不登校みたいなダメな生徒だったし……」

またしても嫌な思い出がよみがえる。

「だがアルファ不敬罪については、知っていたね」

初めて話をした時、唯央が怯えていた不敬罪のことだ。

「あれは市場で働くようになって、すぐに教え込まれたから。アルファに逆らったり、何か不快な思いをさせたりすると、捕まって牢屋に入れられるぞって……」

偏った唯央の知識に、アルヴィはとうとう溜息をついてしまった。

「誰もあなたに注意を払ってくれなかったのか」

「母は父が亡くなってから、働くだけで精いっぱいだったから。ぼくのことは学校に任せておけばいいと思っていたみたい。ぼくはぼくで、学校はほとんど行かなかったし」

自分の無知さに衝撃を受けていた唯央に、アルヴィはこう囁いた。

「だがアルファだって同じだ。番を解消してほかのオメガを見つけても、気持ちは初めてのオメガからは離れない。心は囚われたままだ」

彼はそう言うと、突然膝を折り跪くと、唯央の手を取った。

「どうか私に、もう一度チャンスをください」

いつもの口調に戻った彼は、唯央の指先にくちづけた。

「もう二度と、あなたを不安にさせない。あなたを苦しめるものから、悪夢からあなたを守りたい。どうかもう一度、番となってください」

手が震えた。指先が冷たい。本当は。——本当は。

彼の胸に飛び込みたい。公国の公世子でもいい。一緒にいられるなら、自分は日陰の身でも構わない。

「唯央、あなたは私に隠しごとがあるでしょう」

「隠しごと？」

「あなたは赤ん坊を宿している」

ふいに核心に触れられて、血の気が引いた。

「あ、赤ちゃんって」

診察した医者以外、誰も知らない赤ん坊のことを言われて、震えが走る。確かに唯央は妊娠している。もちろん相手はアルヴィだ。

「隠しても無駄です。私との間にできた子供でしょう。言えなかったのは、私が原因ですか。私が公世子だから、あなたは怯えてしまったのか」

何もかも見透かされて、震えが走った。その表情で察しがついたのか、アルヴィは唯央をきつく抱きしめた。

涙が込み上げてくる。いっそ大声で泣きたいぐらいだった。

「アルヴィ……ッ」

「ごめんなさい。愛する人を、私が怖がらせてしまった」

そう囁くと、唯央の髪に優しくキスをする。

「愛する唯央が、私の子を宿してくれたのに、そのすばらしいニュースを隠したまま、私から逃げようとしている。こんなことは、あってはならない」

「だって、だって、ぼくは」

「オメガだから、ですか」

そう言われて言葉を失った。自分がアルファなら子供ができた時、こんな思いを抱かなくて済むだろう。ベータなら、子供ができる喜びに震えたはずだ。

でも自分は違う。自分はオメガ。自分は卑しい生き物。

だから子供ができたと、無邪気に歓べなかったのだ。

黙り込んでしまった唯央をどう思ったのか。アルヴィは真剣な表情で見つめてきた。

「唯央、私もあなたに隠していたことがあります」

「え？」

話を遮(さえぎ)るように言われて瞳を瞬(しばたた)かせると、真剣な顔のアルヴィに見つめられ、強く抱きしめられた。

「隠していたことって、なんですか」

だがアルヴィは質問に答えることなく、突如、唯央の身体を離した。

「今の悲鳴は……！」

「悲鳴？　そんなの聞こえなかったのに」

戸惑う唯央に構わず、彼は窓を開けると、身を乗り出した。

「向こうだ！」

唯央には何も聞こえなかった。だがアルヴィはさらに窓を大きく開くと、飛び越えてしまった。

「アルヴィ！」

あの身のこなしは、どういうことだ。いくら軍隊経験があるにしても、素早すぎやしないか。聴力も脚力も、なんだか人間離れしているように思える。

唯央も慌てて玄関から飛び出した。しかし叫び声なんて聞こえない。

「あの人、何が聞こえたんだ」

いきなり消えてしまわれると、何が起こったのか心配になってくる。

そして、なぜか仔豹の姿が脳裏を過った。

いつもおとなしく家の中で遊んでいるあの子は今日、姿を見せない。別に毎日いるわけじゃない。気が向かないと来ないのは、いつものことだ。

でも姿が見えないことに、急に心が騒ぐ。

「なんでこんなにザワザワするのかな。……別に何も起こるわけじゃないのに」

だけど、今日に限って胸がざわつくのだ。

唯央は歩き出した。もちろん当てはないし、アルヴィがどこに向かって走ったのかもわからない。

アルヴィと仔豹を、どうして関連づけて考えているのだろう。彼に仔豹の話をしたことも一回だけだ。

でも、こんなに何もわからない不安な状況で、待っていられない。

ただの杞憂なら、それでいい。この憂いが笑い話で済みますようにと、いつしか祈りたい気持ちになっていた。

住宅街を抜けると、大きな河川が見えてくる。夕方も過ぎた時間に水辺にいると、わけもなく不安な気持ちになった。

「なんでこんなところに来ちゃったのかな。アルヴィは、どこに行ったんだろう」

早く彼に会いたい。ちびを抱っこして、この焦燥感を振り払いたい。

そんなことを考えながら川沿いに目を向けると、野犬が何か黒いものを引きずっているのが見えた。黒いゴミ袋だろうか。

（野犬だ。怖いな、近寄らないようにしよう）

近づこうとも思わず、距離を取る。だが引きずられている黒いものが気になった。

（なんだろう、あの黒いもの……。ゴミ袋かと思ったけど、ちょっと小さい。黒い毛糸？違う、黒いヌイグルミ？）

そう思った瞬間、愕然（がくぜん）とする。

あの大きさ。ヌイグルミなんかじゃない。

あれは仔豹。ちびだ。

反射的にそばに落ちていた木の枝を掴み、野犬に向かって投げた。

噛みつかれたら危険とか、警察や助けを呼ぶとか、いっさい考えつかない。ただ、ちびを助けなくちゃ。その一心だ。

「ちび、しっかりして、ちび！」

しかし投げた木の枝は、虚しく外れて野犬には当たらない。

そして当然ながら、野犬は唸り声を上げている。唯央はそばに放り出されてグッタリした、小さな仔豹を呼び続けた。

「ちび、助けに来たよ！　こっちにおいで、ちび、ち……、あれ？」

真っ黒な塊は、仔豹と同じシルエット。でも。

「ちびじゃ、……ない？」

仔豹だと思い込んでいたのは、丸まった黒い毛布らしきものだった。

ちびじゃない。ちびじゃない！　一気に緊張が解けて、ヘナヘナと頽れそうだ。

大きな溜息が出そうになったが、すぐに大きく吠えられて身体が竦む。

野犬は歯を剝き出しにして、こちらを威嚇している。

(怖い。こんな野犬なんかに嚙まれたら、どんな病気をうつされるかわからない)

「向こうに行け！　行けったら！」

唯央の叫びなど、野犬が聞いてくれるわけもない。さらにものすごい勢いで吠えるだけでなく、嚙みつこうとしてくる。ギリギリのところで避けた。だが。

「うわっ！」

避ける際に足を滑らせて、引っくり返ってしまった。すぐに野犬が身体の上にのしかかってくる。胸の上に乗られたから、爪が食い込んで涙が出るほど痛い。

「やめろっ、やめろったら！」

(だめだ、嚙まれる！)

思わず頭をかかえて丸まったが、嚙みつかれそうになって身を竦ませる。だけど。

いつまで経っても、嚙まれる痛みも、衝撃もなかった。

「な、何が、どうなって……」

恐るおそる両腕の隙間から様子を見ると、大きな影が唯央の前に立ち塞がっている。影は低い唸りを上げ、野犬を威嚇している。

「ムスタ……」

唯央の声が引き金になったかのように、黒豹は激しく吠えた。野犬ばかりでなく、そばにいるだけで身体が凍りつくような、鋭い咆哮（ほうこう）を上げ続ける。

野犬はジリジリと後退していたが、クルッと方向を変えると走り去っていった。

あとに残されたのは、あっけない幕切れにポカンとしたまま硬直している唯央と、激しい疾呼（しっこ）で身体を震わせるムスタだ。

この黒く美しい獣が、唯央を守ってくれていた。

「た、助かった……？」

信じられなかった。身体中、擦り傷や擦過傷（さつかしょう）でヒリヒリする。何より身体の上にのしかかられて浴びた野犬の臭気に怖気（おぞけ）がする。

「助かったんだ……。ムスタのおかげで、助かった」

唯央はムスタの首にしがみつくようにして抱きついた。

「ムスタ……！　助けてくれて、ありがとう」

涙でグシャグシャになっていたが、それでも大きな黒豹から離れようとはしない。ムスタもおとなしく、抱かれるままだった。だが、ハッと我に返る。

「ちび。ちび！　どこに行ったの！」

いきなり正気に戻った唯央は、ムスタから顔を上げて声を張り上げた。

先ほど野犬に噛まれていると思ったものは、仔豹ではなかった。でもそうしたら、あの子はどこに行ったのだ。

「ちび！」

その時ムスタが身体を起こす。ハッとして振り向くと、なんだか様子がおかしい。

黒い身体を小刻みに揺すり、低く唸りを上げているのだ。

「ムスタ、どうしたの。どこか具合でも」

手を差し出そうとして、すぐに引っ込める。ムスタは鈍く光り始めていた。そしていったん身体を縮こまらせる。

「ムスタ……？」

呆然として見守る目の前でムスタは発光しながら、大きくなっていく。

そして黒い獣は、どんどん形を変えていく。粘土のように伸びていくのだ。その様子を見守っていた唯央は、叫びそうになる自分を抑えていた。

豹が、人間の形になっていく。

その姿を目の当たりにして、とうとう唯央は座り込んでしまった。

ムスタは跡形もなく消え失せている。
そこにいたのは――――アルヴィだった。

10

「ムスタ……、アルヴィ？　どうしてアルヴィが」

あまりのことに理解することもできず、叫び出しそうになった唯央の背後から、大きな手が口を塞いだ。びっくりして不自由な顔のまま振り向くと、そこにいたのは。

エアネスト。忠実なアルヴィの従僕が、冷静な眼差しで唯央を見ていた。

「どうぞ、お静かに。すぐ済みますので」

彼はこの事態を背後から見ていたのか、まったく驚いた様子もない。

エアネストは唯央から手を離すと、着ていた背広を脱いだ。そしてシャツとズボンという軽装のアルヴィへ、そっと羽織らせる。

「アルヴィさま、ご無事で」

「問題ない。それより、唯央が」

そう言われた唯央は地面に座り込んでいた。アルヴィは唯央の傍らに寄り添うと、肩にそっと手を当てた。

「驚かせたね。すまない」

瞬きもしないままゆっくりと顔を動かして、囁く人を見つめた。

「アルヴィ、……なの？」

「はい。私です」

ハッキリとした声で答えられて、なぜだか涙が零れる。滴り落ちる滴を拭うこともできず、目を見開いたままの唯央を、アルヴィはギュッと抱きしめた。

「ああ、泣かないで。私がやったことは、ただ野良犬を追い払っただけです。人間の姿より豹のほうが効果的だし、話が早いから変化しただけで」

一生懸命に慰めてくれるが、それでも唯央の涙が止まらない。気が緩んだせいだが、あともう一つ理由があった。

それは、今ここにいない子のことを思い出したからだ。

「唯央、唯央。泣かないで。謝りますから」

「……たの」

「え？」

覗き込んでくる秀麗な顔を見ずに、立ち上がった。

「アウラは、どこに行ったの！」

「アウラ？」

「そうだよ、アウラ！　いつもアルヴィと一緒なのに、今日はどうしていないの！　ちびは、あの子はどこ？　ちびもいない。あの子たちは、どこに行ったの！」

「ちび？」

混乱しているせいで、アウラとちびが混同している。どちらも唯央にとって、可愛い、愛らしい子たち。その子たちがいない。それが怖い。不安に拍車がかかる。

「唯央、落ち着いてください」

アルヴィがそう言う背後で、エアネストの冷静な声がする。

「無理もありませんが、唯央さまは混乱し、ヒステリー状態に陥られています。鎮静剤の用意をいたしましょうか」

確かに野犬に襲われそうになったあげく、アルヴィの変化を目の当たりにしたのだ。ヒステリーと言われても、仕方がない。

「さっきの野犬に追いかけられていたら、どうしよう！」

ヒステリー状態であると指摘されても、唯央の嘆きは収まらなかった。

きっと怖がっている。そう考えただけで、胸がかきむしられるみたいに痛んだ。アウラが。あの小さくて可愛い子を助けなくては。

「アウラが見つかるまで、アルヴィと絶交だからね！」

この剣幕に驚いているアルヴィと、無表情ではあるが凝視してくるエアネストの視線ものともせず、河原に向かって叫んだ。

「アウラ！　ちび！　出ておいで！　ちび！」

まるで自分の子供を探す、母親のような声だ。

絶叫すると、前方から小さな影が走ってくるのが目に入った。涙に濡れていた目を擦り、必死に見つめる。

走り寄る姿は、アウラだ。

「アウラ!」

「おに、ちゃ!」

頬を真っ赤にして駆け寄ってくる小さな身体に、両手を広げた。

「アウラ! アウラ! ああ、よかった。よかった……っ」

飛びついてきた幼子を抱きしめて、唯央はまたしても涙してしまった。

「どこにいたの? おにいちゃん、心配しちゃったよ」

「ごめんちゃい」

「どこもケガしてないね。転んでないよね。……ああ、よかった」

小さな身体をペタペタ触って、無事を確認する。それからもう一度ギュッと抱っこすると、お日様とミルクキャンディの匂いがする。それだけで、ホッとした。

「……おに、ちゃ。ないてる、の?」

ちっちゃな手で、そっと頬に触れられた。その幼い仕草が愛おしくて、頬を擦り寄せて、チュッとキスをする。

「泣いてないよ。アウラに会えたから、ホッとしちゃっただけ」

そう言って小さな頭を撫でてやる。

「あのね、アウラ、おっきぃイヌいてね。おっかけられて、ビックリしたの」

「ひどい。あの大きい犬でしょう？　怖かったね」

「うン。はしって、にげたの！　もう、しんじゃうって、おもった」

「よく頑張ったね。偉いぞ」

そう言うと、アウラは困った顔をする。

「しんじゃうとね、ままの、とこへいくの」

「アウ……」

「そんでね。おつきさまになる。ままに、あいたい。だけどね、ぱぱと、おに、ちゃにあえなくなるのヤなの。あいたいもん。だからね、がんばった！」

こんなに小さな子が、そんな思いをしたなんて。

話を聞いているだけで、また涙が滲んでくる。そんな唯央の頭を、アウラはポンポンと叩いてくれた。慰められているのだ。

しかし、しみじみ涙ぐんでいられたのは、そこまでだった。

次の言葉に、唯央は硬直する。

「でもねぇ、おっきぃイヌ、アウラのおしっぽ、かじったの。そいでね、えーんってないたら、ぱぱ、たすけてくれたの！」

「おしっぽって、尻尾のことだよね。尻尾を齧るなんて、痛かったでしょう。無事でよかった！　……いや、ちょっと待って」

「あぅ？」

「おしっぽ……、尻尾？　って誰の尻尾？」

小さな声で訊くと、目の前のちびっ子はハツラツと答える。

「アウラの、おしっぽー！」

何度目になるかわからない衝撃が走り、言葉も出ない。

確かに自分は今、アルヴィが黒豹のムスタから人間になるところを見たばかりだ。だが、まさかアウラにまで尻尾が生えているなんて。

「アウラ。ちょっと、お尻を見せて」

「え？　いやん」

「いやんじゃないっ！　お尻を見せなさいっ」

逃げようとする幼子を捕まえて、衣服を脱がせようとした。当然、暴れられるし、傍から聞いたら、とても危ない会話だ。

「やーん、えっちぃー」

「え、えっちって……っ」

その一言に脱力する。どこでそんな言葉を覚えたのだ。

「唯央、アウラもこう言っているし、今日のところは」

「さようでございます。唯央さま、アウラさまのお尻はもう、ご勘弁ください」

アルヴィとエアネストが、大真面目に助け船を出す。しかし、唯央は強かった。

「ぼくだって、アウラのお尻を見物する趣味なんかないっ。でもアウラが尻尾なんて言うから、確認したいんだ。アルヴィ、アウラに尻尾なんてないよね」

すがる思いでそう訊いたが、首を傾げるだけで答えはない。エアネストも、何も言わなかった。唯央はアウラの小さな肩に両手を置く。

「ね、アウラ。アウラは、ちびって名前に覚えはないよね」

「ちび？」

「あ、ちびっ子とも呼んでもいたか。アウラは知らないよね、ちびなんて変な名前」

自分で水を向けておきながら、こんな会話は早く切り上げたい。そんな気持ちから、思わず早口になってしまった唯央に、アウラはキッパリ言いきった。

「へんじゃ、ないもん」

「アウラ。この話はあとにしようか。唯央、この説明は私が……」

怖い顔をしたアルヴィが止めに入る。だが、急に凛々しい顔つきになった幼児は、キリッとした口調で唯央の失言を責めた。

「おに、ちゃが、つけてくれた、おなまえだもん！　アウラ、ちびだもん！」

その宣言にアルヴィは額を手で押さえ、エアネストは溜息をついてしまった。

唯央はそれどころではない。先ほど愛しい人の変化する瞬間を目の当たりにした。だが、まさか可愛い幼子まで同じとは。

では、あの小さな仔豹は。天文学的金額のネックレスを足に絡ませて、家の軒先で唸っていた鈍くさい、あの仔豹は。

「ちびは、……アウラ」

「そぉ、よぉ」

明るく答えられて、身体中の力が抜ける。

先ほどアルヴィがムスタだと、知った時と同じ衝撃。ぐらぐらに打ちのめされていると、さらなる嫌な予感に囚われる。

「まさかエアネストさんも、変身するんですか」

「いいえ。私は平凡なベータです。神獣化するような、選ばれし者ではありません」

「神獣……、か、神様？」

「ベルンシュタインには、古（いにしえ）から守護獣伝説があるのをご存じですか。国家の危機には神獣が現れ、民を導き、お救いくださったと言い伝えにも残っています」

そういえば子供の頃に、教会で聞いた説法にも黒い獣の話があった。

大水害や飢饉の時に、民を救ってくれた、聖なる黒い獣の話。

国民は、神獣の存在を言い伝えのようにして守り、神格化してきた。

この国にとって神聖な心のよりどころであり、大切な存在だと根づいているのだ。これが、ベルンシュタイン公国の民なのだ。

「殿下の神獣化は、一般の民が知るところではありません。ですが、もし公表されたとしても、なんら問題ありません。それがベルンシュタイン公国民です。唯央さん、あなたは違いますか？」

そう言われて、唯央は口ごもった。

オメガと認定されてから、なるべく社会との交流を避けて生きてきた。裏を返せば、生きることに必死で、ベルンシュタイン公国民としての自覚など、なかったのだ。

「これから、私の家に行きませんか」

「家？　家って……」

「ゆっくりお話しするなら私の家かと思いまして。古い石造りの建物なんですよ」

ハッキリ言わないが、唯央には嫌な予感がした。

古い石造りのアルヴィの家といったら、もちろん決まっている。

「家って、ベルンシュタイン公宮殿のことじゃないですか！　無理です。ぼく、格式ばったところは、ぜったい相性が悪いから」

指摘すると、彼は小さく肩を竦める。

「私とアウラが育った家をお見せしたいだけです。大げさに考えなくても大丈夫」

たいそう嘘くさい。公宮殿が、古い石造りの家なわけがない。唯央は眠そうな顔で目を擦るアウラの前にしゃがみ込んだ。

「ねぇ、アウラ。アウラのおうちって、立派なお城だよね」

「おうち？　おしろ？　……うーん、わかんない」

「あのさ、石造りのお城って天井がすごく高かったり、キラキラのシャンデリアがあったり、ながーい廊下がある、とにかく大きなおうちだよね？」

「うーん？」

アウラの少ない語彙に合わせて優しい表現力で話をしようとしたが、アウラはあくびをし始めてしまった。これ以上は酷かなと思ったその時、幼子は「あ」と何かを思いつく。

「おうちのまえ。おっきな、みずたまり、なの！　ふゆはね、はくちょうがくるの！　いっぱい！　かわいいの！　あとね、もりがあってね！　おうまさん、いるの！」

「……馬ぁ……？」

要約すると湖があって、それは冬には白鳥が飛んでくるぐらい大きい。なおかつ森があって、厩舎には馬が飼育されているらしい。

「あとねぇ」

「まだあるの？」

「おうちのおにわに、だい、だい、だい……、あぇ？」

「大聖堂」

つっかえていると背後からアルヴィが言い添えた。

「庭ではなく公宮殿の敷地の中に建てられた、ベルンシュタイン大聖堂のことです。結婚式も執り行いますが、歴代君主の墓所で、葬儀も埋葬もここです」

「そおなの！　ごせんぞさま、いっぱい、ねんねしてるの！　あとね、あとね」

「……もういい。お腹いっぱい」

とうとうギブアップしてしまった。どう聞いても、立派なお城だ。

敷地内に教会があり、歴代の大公殿下とその妻も一緒に埋葬されているのだろう。

「すみません、ただ、ゆっくり唯央と話がしたかったのです」

アルヴィに頭を下げられてしまった。獣に変わるのはやはり負担が大きいらしく、先ほどまで疲労した様子を見せていた彼だったが、今では精彩を取り戻している。

そんなアルヴィに、ここまで気を遣わせるのは申し訳ないと思った。だが、どうしても城に行くのは避けたい。ここは逃げることに決めた。全力で逃げよう。

逃げるが勝ち、負けるが勝ちというじゃないか。

「あの。ぼく、やっぱり無理です。何かと用事がありますし、本日はこれま……」

「うにゃあぁ～～ん」

アルヴィから目を逸らし早口で言っていると、途中で大きなあくびに邪魔された。

「アウラ、もうおねむ？」

そう訊くと幼児は目に涙を浮かべながら、こくこく頷く。

「もう、おうち、かえるぅ。おに、ちゃ、いっしょ、かえるぅ……」

「一緒？」

「アウラのおうち、よ。おうち、かえろうぉ」

おうち。それはすなわち、ベルンシュタイン公宮殿を指す。

じんわりと嫌な汗が流れたが、ちびっ子は我関せず。唯央の脚にしがみついた。

「おに、ちゃと、いっしょに、ねんねするの。アウラのベッド、よ！」

キラキラ天使の瞳で見つめられる。これに逆らえる人間は、いるだろうか。

いるはずがなかった。

11

シルバーのリムジンで向かったベルンシュタイン城は、普段の唯央なら近寄ることなど考えもしない場所だ。車の中から遠くに見える城館が美しくて泣けてくる。

アウラは「おうちのまえ。おっきな、みずたまり、なの」と言ったが、水たまりではなく、湖だ。

湖面に浮かぶ城は、幻想的で美しい。

車は門番が管理する門扉をくぐり、領地に入った。だが、まだ停（と）まる気配がない。森の中を結構な速度で走り続けているので、唯央の眉間の皺は、収まらなかった。

（いったい、どれだけ広いんだ……）

「お待たせしてすみません。もう城に到着しますから」

アルヴィに謝られたが、強張（こわば）った笑顔を返すしかできない。頼みのちびっ子は、唯央の膝枕ですやすや寝ている。

日はすっかり落ち、暗闇の中、瀟洒（しょうしゃ）な居城は美しく光っている。光で照らされて、とても情感あるロマンティックな光景だった。

「お城をライトアップしているんですか」

「ええ。観光客向けです」

唯央はずっと働きづめだったし城なんて縁がなかったから、ベルンシュタイン城も初めて行くし、照明がついて照らされていることも、知らなかった。

女性なら、こんなお城に感激するだろう。たぶん母も「素敵！」と大喜びのはずだ。しかし唯央は眉間の皺が消えなかった。場違い感が、半端ない。

（もう帰りたい）

着く前に疲れてしまったがアルヴィの「到着しましたよ」という声で顔を上げた。

車は正面へ横づけされていた。大きな屋敷の扉の前に、男性が立っている。

「彼は執事のルイスです」

アルヴィはそう言ってドアを開けた。運転手が慌てたが、「いいよ。ありがとう」とかわす。唯央は取りあえず眠っているアウラを抱っこして、車を降りようとした。

「ありがとう。預かります」

すぐにアルヴィの手が伸びて、幼児を引き取ってくれる。アウラは肝が据わっているのか安心しきっているのか、まったく起きる気配がない。

すぐにルイスと呼んでいた男が子供を預かり、唯央に向かって一礼をした。

「ようこそ、おいでくださいました」

そう挨拶して、すぐに腕の中のアウラを寝室へと連れていった。背後に控えていたメイドらしき女性に、アルヴィは声をかける。

「こみいった話があるから、部屋には近づかないでくれ。お茶もいらない」

「かしこまりました」

メイドがそれだけ言って下がる。見ればエアネストと運転手も、深々と頭を下げていた。どうやら彼らとは、ここでお別れのようだ。

アルヴィは「こちらです」と唯央を促して中へと入っていく。

城の中は、想像以上に豪奢だ。

重厚な扉から入った大きな玄関ホールは、壁も床も、正面に作られた階段も乳白色の大理石。装飾は金で統一されている。とても華やかだ。

(目が……、目がチカチカする)

見たこともない豪華な調度は、どうも落ち着かない。もっともそれは、唯央だけの感覚だ。アルヴィはもちろん、アウラはこの屋敷に慣れ親しんでいるのだ。

豪華な額縁に飾られた古い肖像画に目を奪われていると、アルヴィが声をかけてくる。

「先日、亡くなった祖父です」

端整な顔立ちと伸びた背筋。老齢の前大公は凛としていて、皺の一つ一つが美しい。

ホールの中は、いい香りがする。廊下のあちこちに、生花が飾られているからだ。市場で働いている唯央には、この花の値段がわかる。わかるだけに、肩を竦めた。

「どうかしましたか？」

思わず立ち止まって花を見つめていた唯央に、アルヴィが声をかけた。それに力なく頭を振った。たぶん彼に、唯央の気持ちはわかるまい。

三階まで上ると、廊下の一番奥の部屋に通される。ここが、彼の部屋らしい。

「どうぞ」

通された室内も白い壁に変わりはないが、青いカーテンが下げられた落ち着いた部屋だ。廊下に比べてシンプルで、唯央にとって居心地がいい。

「落ち着いた部屋ですね」

そう言うとアルヴィに苦笑された。

「ええ、まぁ。階下に比べたら落ち着いていますね。向こうは目が痛いでしょう？」

唯央の考えなど見透かしていたようなことを言われて、目をパチクリさせた。

「ぼく、顔に出ていましたか」

その一言に、彼はプッと噴き出した。

「顔に？　面白いことを言いますね」

揶揄でなく、本気で楽しいと思っているらしい。

「だって、ぼくの家を知っていますよね。物がないし、キラキラなんかしてないし」

とうとう大きな声で笑われてしまった。

「唯央は素敵だ。あなたといると、ホッとします」

彼は唯央を引き寄せると、そっと抱きしめる。

髪に顔を埋めるようにして甘く囁かれ、恥ずかしくなってしまう。

その甘い空気を誤魔化すように、口を開いた。

「それって、バカだからでしょう」

「また、そういうことを言う。前も無邪気とはバカみたいという意味かと訊いていましたね。そんな意味ではありません。私にはない、無邪気な愛らしさという意味です。アウラと一緒ですよ」

「ぼくは三歳児なんですか」

「もう、この子は……」

愛しさを滲ませた苦笑が、すごく気恥ずかしい。誤魔化すために、話を変える。

「あの、少し質問をしたいです。っていうか、かなり、いっぱい質問したいです」

「そうでしょうね。結構です。順番にどうぞ」

「順番って、もう、どこから質問していいかわからないです」

そう言うとアルヴィは苦笑を浮かべていた。

「では、思いついた順にどうぞ。ただし質問が多そうだから、ひとつ答えるごとに、ご褒美をいただきたいな」

「ご褒美？」

「はい。キスのご褒美です。キスの場所は、その都度お伝えしますから」

「……なんですか、それ」

思わずグッタリした声が出る。逆らうのも、面倒になって聞いた。

「どうしてアルヴィとアウラは、黒豹に変わってしまうのか教えてください」

「わかりました。では、ご褒美のキスを。まず、あなたの髪に私からキスをします」

「髪？」

「ええ。柔らかそうで、つやつやしていて。触れたくなる髪です。いいですか？」

「は、はぁ」

まさか本気で言っているとは思わなかった。しかも、このキスのご褒美とやらは、アルヴィからするキスと、唯央からするキスとがあるらしい。

「どうしたんですか、複雑な顔をして」

「複雑っていうか、……まぁ、いいや。じゃあ、どうぞ」

キスとは、こんな承認制のものだったか。それ以前に、普通は答えてからご褒美の順ではないのだろうか。悩みつつも、じっとしていた。すると彼は、髪に触れるようなキスをした。

身構えていた唯央が、拍子抜けするぐらい、可愛いキスだ。

「どこから話をしたらいいのかな。まず、私の両親は黒豹に変化(へんげ)しません。ですが、亡くなった祖父は黒豹でした」

先ほど見た、肖像画の人だ。唯央の鼓動が早くなった。

当たり前のように言われたが、それはすごく大変なことではないだろうか。しかし疑問を挟む余地がないみたいなので、仕方なく頷いた。

「アルヴィの祖父って、前の大公殿下ですよね」

「そうです。私とアウラは、先祖返りだとよく言われました。古(いにしえ)から、このような例はあったそうです」

「あと、どうしてアウラはベルンシュタインの光をお腹に巻いて、うずくまっていたのか。国宝じゃなくても、すごく価値がある宝石なのに」

「ああ、あれですか。私も不思議に思って、アウラに訊いてみました」

通常ならば保管庫で管理する、ベルンシュタインの光。だが、戴冠式で大公殿下を飾った後、一度、この公宮殿に持ち帰ったらしい。

「ずさんな管理。そう言われても仕方ありませんが、警備もされている宮殿ですから、気の緩みがありました。そこでアウラはキラキラのネックレスを首に巻いた。しかし、身体の小さいあの子が巻けるはずもなくズルズルぶら下がる。それをどうやって巻きつけたのかは不明ですが、とにかくお腹と脚に巻きつけ、パニックになった」

唖然としていると、アルヴィも肩を竦める。

「そしてネックレスが取れなくなり、混乱状態に陥ったアウラは変化してしまい、公宮殿から飛び出してしまったというわけです」

「……52カラットのダイヤが紛失して、公子が行方不明になったら、あの、すごく大騒ぎになったんじゃないですか」

「もちろん。これ以上ない騒動です。警察、機動隊、全てが動員されて、一人の子供とダイヤの捜索に当たりました。……だが、行方がわからない。ですから私も捜索に当たりました。アウラの匂いを追うために、豹となってね」

それでようやく、公世子が黒豹の姿で自分の家に現れたわけがわかった。

「でもアルヴィはダイヤを置いて、帰っちゃいましたね」

「確かに、私の失態です。アウラが見つかって、安堵して気が抜けてしまった」

そんな理由で、高価なダイヤが外に持ち出されたのだ。衝撃の連続で、とうとう声が出なくなってしまった。

「立て続けに話をしたので、驚くのは当然です」

ふいに覗き込まれ、顔を上げた。そんな唯央を、アルヴィは冷静に見つめてくる。それは、あの黒豹ムスタと同じ瞳だ。どうして今まで、気づかなかったのだろう。

「お、驚いたけど、変な意味じゃなくて……」

言い募ろうとしたけれど、アルヴィは話を止めない。

「私たちの変化は、普通なら怪異とされる話。それは自覚しています。ですがベルンシュタインでは黒豹は吉祥とされ、国の守り神として称えられている。私はこの能力を、恥じたことは一度もありませんでした。そして、これからもです」

まるで自分に言い聞かせるように、視線を逸らすことなく彼は言った。

「もちろん国民に、私とアウラが黒豹に変化することは知れ渡っていません。それでも公室にとって黒豹は、国と公家にとって守り神。絶対神と言い伝えられています」

そういえばベルンシュタイン公国の紙幣にも、黒い豹が描かれていることを思い出した。確かにアルヴィの言う通り、この国にとって黒豹は神だ。

「亡くなった奥様も、このことは承知だったんですよね」

「はい。驚いてはいましたが、何もかも承知の上で私に嫁いでくれました」

「……でも、黒豹だったら寿命が」

「寿命?」

突然の質問に、アルヴィは硬かった表情を和らげる。

「よく知りませんが、豹って人間よりも短命ですよね」

いきなり寿命と言われたアルヴィが、首を傾げた。それも無理からぬことだ。だが、唯央のほうは、それどころではなかった。

「神さまとか、どうでもいい。早死にするなんて、そんなの、そんなのイヤです。アルヴィとアウラの寿命が短いなんて、そんなのイヤだ」

涙声で言うと彼はしばらく無言だった。だが、ぷっと噴き出し、とうとう笑い出す。

遠慮なく笑っているアルヴィは、目元に涙まで浮かべている。

「思いつめた顔をしているから、何かと思えば寿命の話ですか」

「そうです、寿命の話ですよ！　笑うなんてひどい！」

父親が早世し母親も治療中の唯央にとって、健康も寿命も遠い話どころか、真っ先に気にしてしまう事柄だ。アルヴィもアウラも、ずっと健康でいてほしい。

豹の寿命で、アルヴィたちに死んでほしくない。

父の最期の姿や母の闘病している姿がよみがえり、ナーバスになってしまった。

思いつめた顔の唯央を、どう思ったのか。アルヴィは少しだけ面映(おもは)ゆさを浮かべた顔で微笑んだ。

「参考になるかわかりませんが、私の祖父は九十八歳の時、老衰で亡くなりました」

「九十八歳……」

神獣化したという先の大公の享年(きょうねん)を聞いて、緊張が一気にほぐれた。少なくとも、豹に変化するから寿命が短くなるわけじゃないらしい。言われてみれば肖像画も晩年のものだった。

「唯央は心配性ですね」

悪戯っ子のような表情をされて、恥ずかしくなって俯いた。自分は、この人に翻弄されている気がする。

「祖父のことを答えたから、キスをしていいですか」

変な理屈だと思ったが、自分から寿命の質問をしたから、仕方がない。

「はい、どうぞ」

彼は身を屈めると、唯央の額にキスをした。小鳥みたいな、可愛いキスだ。

(なぁんだ。キスって言うから驚いたけど、子供へのキスみたいなのばっかりだ)

内心、アルヴィは可愛いなと思って笑みが込み上げてくる。

「あっ、そうだ。黒豹の時、うちに何回も入ってきたけど、どこから入ったの？　鍵はかかっていたのに。アウラだって入っていたし」

「二階の西端の部屋です」

「えっ？」

「いつも開いていますが、ご存じないですか」

「西端っていうと、……母の部屋だ」

思い当たって頭をかかえたくなった。入院中の母親の部屋には、ほとんど入らない。もしかしなくても、窓も開けっぱなしだったかもしれない。

「不用心すぎる……」

溜息をつくと、笑われてしまった。

「唯央は、やはり可愛いですね。キスをしますよ」

「え？　あぁ、はい。どうぞ」

キスと言われても身構えることもない。澄ましていると、いきなり唇が塞がれた。

「ん、んん……っ」

深くくちづけられて、吐息が洩れる。

何度も角度を変えて、唇が貪られた。震えてしまうと、身体が離される。いきなりのことだったので、足が震えた。その唯央の身体を、アルヴィは支えてくれた。

「では、私から質問です」

「え？」

あんなに官能的なくちづけだったのに、彼の顔色はまったく変わっていない。

「あ、はい。ど、どうぞ」

「私たちは番になった。そして赤ん坊を授かった。それなのに、何も告げてくれなかった。それはなぜですか」

そうだ。その話をしている時にアウラの悲鳴で、うやむやになってしまった。アルヴィの前から消えたいと思っていた理由は――――。

「怖いから」

言葉が、床の上にすべり落ちるみたいだった。

「逆境で強くなれる人もいる。でもぼくは怖い。怖くて怖くて、たまらない。身震いするぐらい恐ろしい」

自分でも子供じみた言い草だと思う。傷ついたのなら、跳ね返せばいい。それは、わかっている。わかっているけれど。

「もしも誰かに傷つけられたなら、私の腕の中にいらっしゃい」

静かな声で言われて顔を上げると、とても真摯な眼差しに見つめられていた。

「アルヴィ……」

「苦しくて、悔しくて、悲しくて、淋しい思いをしたのなら、この腕の中で泣いてください。私は、その涙も、もちろんあなたも、生まれてくる赤ん坊も受け止めます」

弱い自分を曝け出してもいいのだろうか。

それでも、受け止めてもらえるのか。

「愛しています」

オロオロと心配する言葉を断ち切るように、彼はハッキリとした声で言った。

「え?」

「改めて言います。唯央、愛しています」

真摯な告白に、硬直してしまった。

アルファがオメガを愛するなんて、そんな話が存在するのだろうか。

「愛って……」

「言葉通りの意味です。私の唯央。どうか番としてここに来てください」

大きく鼓動が跳ねた。まさか今、言われるとは思わなかった。

「あなたのお腹に宿った赤ん坊の父親と、どうぞ名乗らせてください。あなたと一緒に赤ん坊と、アウラを育てたい」

改めて言われて、声が出なくなる。

自分でいいのだろうか。

忌み嫌われるオメガの自分でも、彼のそばにいられるのだろうか。

「ぼくなんかで、いいんですか……」

「それは違う。唯央。あなたでなくてはだめです」

彼は唯央の手を取ると頬を押し当て、そして唇を寄せる。

「何度でも言いましょう。あなたに初めて出会った時から、胸がときめきました。一目惚れだけではない。アウラが黒豹の姿で家に迷い込んだ時、あなたは食べるものにも困っていたのに、アウラにミルクを与え、優しく接してくれたそうですね」

「あ、あれは成り行きで……」

あの時、自分は食べ物に困っているなどと仔豹に言っただろうか。

疑問が顔に出ていたらしい。

「おに、ちゃの、おなか。グゥグゥしてた……アウラが私に、こう教えてくれました。たとえ成り行きでも、尊いことです。自分が困っているのに、ほかに分け与えたあなたは、志が気高いのです」

また涙が滲みそうになる。自分の涙腺は、どうかしたに違いない。だが。

「どうかベルンシュタインの光を、受け取ってください」

「ベルンシュタインの光を受け取るって……」

アルヴィの告白を聞いて感激し、魂が震えるような思いで涙が浮かんでいた。だが、ダイヤモンドの名を聞いて、いきなり理性が戻った。

「いえ。ぼく、ダイヤはいりません」

感動に水を差したのは唯央で、驚いたのはアルヴィだった。

「いらない？　なぜですか」

「だって、こんな高いものを持っていても困ります。つけていく場所もないし、失くさないかヒヤヒヤするし」

実に現実的な意見を述べた後、俯いてしまう。

「どうしたんですか」

「ダイヤモンドは、ベルンシュタインの光は、ぼくより価値があるでしょう。そんな宝石を持っていても、……自分が惨めだもの」

「惨め？」

口走ってしまってから、舌打ちしたくなる。言葉を回収したくて、慌てて言った。

「とにかく、絶対にいりません。市場に買い物にも行けなくなっちゃうもの」

しばらく二人の間に、沈黙が流れた。その嫌なしじまを破ったのも、アルヴィだ。

唯央の傍らに座り込むと、チュッとキスをする。

「アルヴィ？」

「ねぇ唯央。ダイヤモンドは燃えるって、知っていますか？」

「え？　だってダイヤって、世界でいちばん硬い鉱石ですよね」

「確かに硬度は高い。でも、燃えてしまいます。その証拠にダイヤの化学式はCの一文字。単一の元素で構成されている。燃焼させると全部が、二酸化炭素になるんです。だから燃やすと、炭も残りません」

啞然としてしまった。そんなことが、あるなんて。

「そうなんですか……」

「燃える鉱石。美しい人類の宝。だけれど、所詮はモノです。そんなものと、あなたを比べるなんて、あまりにも愚かです。あなたは、あなた。私の大切な唯央です」

そう言われて、唯央の中にあるミルクが入ったコップが揺れる。

いつもは不安に揺れるのに、今日は違う。さざ波のように、緩やかだ。

「唯央？」

「ぼくも宝石なんか、いらない。ぼくが欲しいのは、……アルヴィとアウラだけ」

そう言った瞬間、ぎゅっと抱きしめられた。

「嬉しい。あなたから、こんなに嬉しい言葉が聞けるなんて、夢のようです」

「アルヴィ……」

「アウラの母親のことは、今でも大事に思っています。彼女は大切な存在だし、アウラという、かけがえのない宝物を残してくれた人です。だけど、あなたと会えて、ようやく彼女を、忘れられます」

「ううん。忘れないで」

そう言って、抱きしめる力を強くした。

「アウラのママは、お月さまです。ずっと心の中にいてもらってください。ぼくと一緒に過ごしてくれる時間は、心の、違うポケットに入れてくれればいいんです」

そう言うと、さらに強い力で抱きしめられた。腕の力強さは、今まで不安に思っていたことを、氷解させていくみたいだ。

「お腹の赤ちゃんとアウラと、いっぺんに二人の子の、マ、ママに、なっちゃうんだ。ぼくにできるかな」

照れくさいために、つっかえつっかえで言った。アルヴィはそんな唯央を愛おしそうに見つめ、迷いもなく言った。

「できます。どうかアウラと私と、新しく来る天使を愛してください」

ママと言うのは、ものすごく気恥ずかしい。頬が真っ赤になっているのがわかる。だけど、恥ずかしがってなんかいられない。これから子供たちを育てなくちゃならない。そして、愛する人を守らなくてはならないのだ。

「私と番になってくれるのですね」

「はい」

二人は強く抱きしめ合い、くちづけを交わした。

その力強い抱擁に酔っていると、小さな声が脳裏によみがえる。

アウラの幼い声だ。

『いっしょお、そばにいられるわけ、じゃ、ないけど』

あれは友達の話だから、アルヴィとは違う。でも。

『どこにいても、どんな、ときも、こころ、のなかにすんで、て。こまって、るときは、ただ、はなしをきいてくれる。それが、ともだちって、いうの。のよ』

あどけなく、訥々とした声は優しく、唯央の心に沁み込んだ。

一生そばにいられるわけじゃないけど。

どこにいても、どんな時も心の中に住んでいて。困っている時には、ただ話を聞いてくれる。それが友達っていうの。

あの時、話したのは友達だった。けれど唯央にとっては、アルヴィも友達と同じで、それ以上に大切な黒豹だった。

「アルヴィ、すき……」

今さらだが、妙に恥ずかしくて顔を伏せる。いつまで経っても慣れない。

「私もです。愛しています。強がりで、でも本当は脆い私のオメガ」

以前も言われた脆いという言葉。自分はそんなに、頼りないのか。

「ぼくは脆くありません。どうしていつも、そんなことを言うんですか」

「オメガである負い目を飲み込めず、疑問をかかえて泣いている。私には、そんなふうに見えます。煮えたぎる溶岩をかかえている。その溶岩は赤くなく、きっと乳白色のミルクのように、心の中のコップに、注がれているのでしょう」

「コップの……、ミルク？」

いつも心の中で想像していたコップが、脳裏によみがえる。

どうしてアルヴィが、そのことを知っているのか。いいや、知るはずがない。だって誰にも言ったことはないのだから。

「……っ」

たまらなくなって、思わずアルヴィにしがみつく。彼は戸惑いもせずに、唯央の身体を抱きしめてくれた。

孤独に震えていた自分が、ふわふわと空気に乗っているのを感じた。

怯えてばかりの孤独なオメガは、ようやく暖かい光を捕まえることができた。

「アルヴィのこと、愛してる。こんなこと言うのは怖いけど、でも」

「でも？」

優しく訊かれて、覗き込む瞳を見つめ返す。宝石の眼差しだ。

愛されていることに怯えるのは、もうやめよう。

抱きしめてくれる腕に身を預けて、唯央は安堵の溜息をつく。自分はこの腕を求めて震えていたけれど、ようやく安心できたからだ。

□□□

続きの間の奥に通されると、そこは大きな浴室だった。誘われて入ると、すぐに唇を塞がれた。

服を脱ぐのももどかしいぐらい焦る唯央に、彼はあくまで紳士だった。ボタンを外しシャツを脱がすと、丁寧にキスをしていく。

まるで宝物を扱うような手つきに、ぞくぞく震えた。

気がつくと服は取り去られていて、唯央もアルヴィも何も身に着けていなかった。それが、すごく恥ずかしい。

でも、それがいい。恥ずかしいのが、たまらなくよかった。

猫脚のついた真っ白い浴槽に背後から抱かれる形で身を沈め、温かいお湯をかけられながら愛撫される。

指の先がじんじん痺れるみたいに、感じている。

ヒートの時ではないのに、彼が欲しくて仕方がない。それは番だからか。

番って、そういうものなのか。

肌を唇で愛撫されて、うっとりしていると彼の指先が身体の奥をまさぐってくる。拒否する気など毛頭なく、ただ身体の力を抜く。

「アルヴィ、……早く、早くちょうだい」

そう囁くと彼の指先が一瞬、止まる。

「ヒートでない唯央が、私を求めてくれるの？」

意地悪なのか、本心なのか。アルヴィにそう尋ねられて、涙が出そうだ。

「アルヴィが欲しいの。お願い、早く」

涙を滲ませながら、そう懇願すると、彼は眉を寄せた表情で唯央の身体を持ち上げると向かい合わせにし、自らの腰を跨がせる。

真下にピタリと押しつけられたアルヴィの性器が、生々しい記憶を呼び覚ます。

(そうだ。あの時。ヒートの時。挿れられた、あの硬いの)

思い出しただけで、震えが走った。あの快感は、頭の芯が蕩けてしまいそうだった。

「あ、あ、あ。ああ……っ」

淫らな音と同時に、大きくて硬いものが身体の中心を割り開いていく。いやらしく躾られた肉体と脳が、涎を垂らすみたいに男を受け入れた。

「狭いね……。だけど私を奥に導いてくれる。すごく濡れているよ」

「いや、いや……。言わないでぇ」

ゆっくりと突き上げられて、唯央は震えながらアルヴィを受け止める。いやらしい音がするたびに、脳が沸騰しそうだった。

「アルヴィ、いい、いい…、ああ……っ」

卑猥に男のものを受け入れる姿に、アルヴィは口元に笑みを浮かべている。

「苦しい?」

唯央の息遣いを聞いて性器を引き抜こうとするアルヴィに、何度も頭を振る。

「ううん、違う。アルヴィの、いっぱい入って、あふれる……っ」

「あふれる？　いいえ、すごく奥深くまで飲み込んでいる。とても素敵だ」

アルヴィは耳殻を噛み、甘い声で囁いてくる。その声音を聞いているだけで、腰が砕ける。

「あぁ、あぁぁ……っ、死んじゃう、これ以上は、死んじゃう……っ」

「そんなに？　唯央は清らかな見た目に反して、とても淫らだ。あなたの中が、男を誘うみたいに蠢いている。こんなこと、いったいどこで覚えましたか」

「うそ、うそ。そんなこと、してな、ああ、ああ……っ」

どちらのものか、噴き出した汗と体液とお湯が肌を濡らし、敏感になった性器と乳首を流れていく。それが気持ちよすぎて震えた。

「嘘ではありませんよ。中をかき混ぜられて、男を嬉しそうに締めつけています」

「だって、あぁ、気持ちいい、ああ、ああ、いいよぉ……っ」

小刻みに腰を揺らされ、頭の中で光が飛び散る。

「もっと、もっとして。気持ちいい。もっと、ああ、いい……っ」

どうしてこんなに乱れてしまうのか、自分でもわからない。だけど、悦楽が深すぎて歯止めが利かない。もっとしてほしいと、何度も懇願する。そんな唯央を見て、アルヴィは深く嘆息する。

「私の唯央。私の番。ああ、愛しています。世界で、あなただけを」

その一言を聞いた瞬間、身体中が蕩けるような感覚に襲われ、身体が仰け反る。甘ったるい声は、艶めかしくなるばかりだ。

愛している。アルヴィを愛している。

淋しいオメガの心を埋めてくれたこの人を、全身全霊をかけて愛している。この想いを、どう伝えたらいいのだろう。

「……だめだ。抜かせてください。もう出る」

そう言って唯央の体内から性器を引き抜こうとした彼を、必死で引き止めた。

「だめ。だめ。抜かないで。もっと欲しい。もっと……っ」

「しかし、あなたの身体に障る」

「ううん、いいの。出して、アルヴィの種が欲しいよぅ……っ」

「唯央、なんて可愛いことを言うんだ」

彼は震えるように言うと、唯央の頬に何度もくちづけた。

普段ならば、けして口にしない、種が欲しいという言葉が零れ落ちる。アルヴィの種が欲しい。たくさん中に注いでほしかった。

発情していないのに、どうしてこんなに淫らなことを口走ってしまうのか。

「早く欲しい、いっぱい、いっぱい……っ」

アルヴィも唯央の言葉を聞くと、目を細めて笑った。

「可愛い私のオメガ、たくさん出すから、ぜんぶ受け止めておくれ……っ」

そう言うと、激しく突き上げられる。

深く抉られて涙が出そうになるが、それが苦痛などではない。れっきとした悦びからだと、唯央はもう、ちゃんと知っている。

気持ちがいい。

抱き合うのがいい。ものすごく気持ちがいい。濡れた肌に触れるのがいい。キスされるのが、すごくいい。

自分の失った欠片が嵌め込まれたみたいな、そんな充足感だった。

「あ――――……、あ――――……っ」

恍惚（こうこつ）に我を失って、高い声が出た。理性など、どこかに吹き飛んでいる。

愛しい人に抱かれていると、今まで感じていた不安が消え失せる。薄れていく意識の中で、そのことをボンヤリ感じた。

epilogue

「アルヴィ、聞いて聞いて。お母さんの検査結果、すっごく数値がいいよ」

病院から来た検査結果を見て、思わず喜びの声が上がった。そんな唯央を見ているアルヴィも嬉しそうだった。

ソファに座って調べ物をしていたらしい彼は、書類から目を上げて唯央を見てくれる。家の中でも乱れた格好を嫌うので、シャツとプレスの利いたズボン姿だ。

一方Tシャツとジーンズといったラフな格好の唯央は、アルヴィのそばへ行った。いつもならこの辺で突進してくる可愛いアウラは、ウサギちゃんぬいぐるみと一緒に、お昼寝中。久しぶりに静かな午後だった。

「お母さまは、よくなっているのが目に見えてわかりますね」

「嬉しい！　アルヴィのおかげです」

彼の力添えと支援のおかげで、母の美咲は先進医療を受けるために転院した。新しい治療は彼女の病を、どんどん取り去ってくれている。

「このまま行くと、外泊ぐらいできそうかなぁ」

母が外泊できることを夢見て、微笑んだ。だが、隣のアルヴィは複雑な表情を浮かべていた。何か気に障ることを、言っただろうか。

「アルヴィ、どうしたの？」

「いえ。久しぶりにお母さまと家に泊まって楽しい時間を過ごしたら、私の元に帰ってくるのが嫌になるかと考えてしまって」

「え？　そんなこと……」

「住み慣れた自宅で仲のいいお母さまと一緒にいたら、公宮殿など面倒でしょう。古いし寒いし無駄に広いし、幽霊が出る言い伝えがあるし」

「幽霊？」

「古くから伝わる怪談話です。魅力がないと思われるのが心配だ」

世界に名だたる美しくも荘厳なベルンシュタイン公宮殿を、どうしてそんなに卑下するのか。生まれ育った者だけが持つ感想だ。なんにせよ、常人にはわからない。

「妊娠すると、お里帰りする習慣があるそうですね。唯央も里帰りしたいですか」

「お母さんに負担をかけそうだし、ぼくは別に里帰りはいいです」

「無理はしないで。大丈夫。唯央が実家でお産をするなら、私は毎日伺います。いや。クロエ家のそばに、家を買えばいいんだ」

壮大なことを言い出した未来の大公殿下は、急にソワソワし始める。

「その家に住めば、いつでも伺えますね。そうだ、そうしよう。名案だ。さっそく不動産に詳しい者を、呼び寄せなくては。エアネストを呼ぼう」

「はぁ……」

面映ゆい気持ちになって、アルヴィが座っているソファに近づく。

「ぼくは、アルヴィと一緒にいたいから、出産なんてどこでもいいんだけど」

一緒にいたい。

その一言を聞いても、彼の表情は変わらず、返ってきた反応は素っ気ない。

「そうですか」

しかし、耳が真っ赤になっていた。

透き通るような白い肌が、ほんのり紅潮して艶めかしかった。

澄ましているのに、心の動きが見て取れるこの人が、愛おしくてたまらない。

「アルヴィ、だいすき」

そう囁くと彼は小さな声で「私もです」と囁いた。

「唯央とアウラと、もうじき訪れてくれる天使も、愛しています」

「ぼくもね、アウラと天使ちゃん、それと優しい黒豹さんを愛してる」

そう囁くと二人は何度もキスをした。

唯央の心の中の悲しみのグラスは、からっぽ。
もう縁からミルクが、あふれ出ることはない。
きらきら煌めく心のグラスは、まばゆく光って弾けて消えた。

end

あとがき

みんな大好きオメガバース！

弓月のオメガ二作目。お手に取っていただけて光栄です。


イラストは、蓮川愛先生にお願いしました！

蓮川先生の黒豹と黒髪アルヴィは本当に美しく神々しく、思わず拝んでしまいました。お陰で腰痛を乗り越えました。なんでだ。

オメガの唯央ちゃんは、しっかりものなのに甘えっこで天然。でも雑草のように逞しいキャラ。そして、アウラの可愛らしさに、自画自賛ながらニコニコが止まりません。

蓮川愛先生、すばらしい作品の数々に感激です。ありがとうございました！


作中の大礼服姿で白馬を操るアルヴィは、完全に私の趣味。趣味です！

原稿を書いていて、「なんだろう、この足りない感。なんか、なんかが物足りない……」とウダウダ悩んでいたところ、とつぜん雷のように天啓が降りてきました。『なぜ私は、大礼服姿のアルヴィさまを書かないのだ！』と。

ウォーター！　叫び出しそうになるのをこらえ、慌てて書き足したのが冒頭の、白馬に乗ったアルヴィ殿下の登場シーンです。

かくして、弓月史上かつてないセレブの登場シーンが書けました。嬉しいな。

製作中に大礼服の資料をたっくさん見せてくれた、みっちゃん。大感謝です。

担当さま。シャレード編集部の皆さま。いつもお世話をおかけしております。

人生初の獣人もの。膝が震える思いです。オメガバースに慣れていないため、自分でも戸惑うことが多いのです。でも、担当さまのツボを押さえたご指摘のお陰で、なんとかがんばれました。カッコいいタイトルも、実は担当さまのアイディア。提出した私のタイトルとは雲泥の差でした。トホホ。今後もどうか、よろしくお願いいたします。

営業さま、制作さま、販売店や書店の皆さま。いつもありがとうございます。皆さまのおかげで、本書を読者さまのお手元にお届けすることができました！

皆さまお一人お一人に、直接お会いすることは叶いません。ですが今後ともどうか、よろしくお願い申し上げます。


読者さま。本書をお手に取ってくださり、ありがとうございました！

前回、初めてオメガバースを書いてみて「オメガとは、なんと素敵な世界観だろう」と沼に沈みました。ビギナーの私。

でも、こんな新参者を、温かく受け入れてくださる読者さま。その懐の深さに感謝です。オメガ二作目も、読者さまのおかげで書けました。

編集さまのお許しがいただけるなら、またチョコチョコとオメガバースの世界へお邪魔させていただきますので、よろしければ、ご感想もお待ちしています。


前回あとがきで「お手紙をいただくと嬉しくて、枕元まで持ち込んで寝ます」と書いたら、ツイッターで「本当ですか？」とご確認いただきました（笑）。本当です！

読者さまのお手紙が大切な大切な燃料。それぐらい嬉しい。

我が家ではいただいたお手紙を、無印のブリキ箱にしまっています。火事が起こっても大丈夫！　通帳は雑な扱いですが、いいんです。

ご感想をいただくと私だけでなく、創作者全員が角砂糖を貰った馬と同じように、小躍りします。それぐらい嬉しくて堪らないのですよ。

今回も、とりとめのないあとがきでした。こんなすみっこまで、ちゃんと読んでくださって、感謝します。

それではまた次にお逢いできることを、心から祈りつつ。

弓月あや拝

本作品は書き下ろしです

弓月あや先生、蓮川愛先生へのお便り、
本作品に関するご意見、ご感想などは
〒101-8405
東京都千代田区神田三崎町2-18-11
二見書房　シャレード文庫
「ミルクとダイヤモンド～公子殿下は黒豹アルファ～」係まで。

ミルクとダイヤモンド～公子殿下は黒豹アルファ～

【著者】弓月あや

【発行所】株式会社二見書房
東京都千代田区神田三崎町2-18-11
電話　03(3515)2311［営業］
　　　03(3515)2314［編集］
振替　00170-4-2639
【印刷】株式会社 堀内印刷所
【製本】株式会社 村上製本所

落丁・乱丁本はお取り替えいたします。
定価は、カバーに表示してあります。

ISBN978-4-576-20127-6

https://charade.futami.co.jp/

今すぐ読みたいラブがある!

弓月あやの本

私はきみを離さない。未来永劫、私だけのウサギのオメガだ

ウサギのオメガと英国紳士
～秘密の赤ちゃん籠の中～

イラスト＝篁 ふみ

英国の全寮制学校の悪しき伝統「ウサギ狩り」の標的にされた凛久。一人ぼっちの日本人オメガを助けたのはアルファのジェラルドだった。優しい彼の庇護で安全な生活を送る凛久に初めての発情が。しかしその後、唯一の身寄りを喪った凛久は父の訃報と妊娠が判明。もはや英国に戻ることも叶わず、一人で産むことを決意し…。

今すぐ読みたいラブがある！

秀 香穂里の本

きみが俺のものだという証をつけたいんだ

溺愛アルファは運命の花嫁に夢中

イラスト＝れの子

「俺の勘違いではない。きみと俺は運命の番だ」出会ったばかりのアルファ、鹿川にプロポーズされた海里。甘い愛撫にどれだけ身体が反応しようとも、素直にプロポーズを受け入れられない海里は「三か月間、週三日、自分の家に通うこと」という条件を出すことに。だが、半同居状態で鹿川の溺愛はエスカレートして!?